追放王子の
暗躍無双 2
～魔境に棄てられた王子は英雄王たちの力を受け継ぎ最強となる～
西島ふみかる × ill. 福きつね
JN131108

「たまには本気でやらせてもらうぜ！」
アイン

リオン
二人の強者が、ドルイドの
聖域を舞台に戦闘を開始する。

「……必ず生きて戻るように。
これは命令よ」
セレスティア
・ネイ・エルデシア

「セレスティア様のお望みのままに」

クレハ

「あとは
このクレハにお任せください！」

CONTENTS

追放王子の暗躍無双２
～魔境に棄てられた王子は英雄王たちの力を受け継ぎ最強となる～

西島ふみかる

GA文庫

キャラクター紹介

［イラストレーター］福きつね

リオン

紋章がない忌み子として、
王国を追放された元王子。
最愛の妹を護るために、
魔境で英雄王たちから
引き継いだ力を持って
王国に帰還する。
果たして正体を隠したまま、
彼女の護衛を務めあげることが
出来るのか……!?

Lion

セレスティア

第三王女であり、
次期国王候補であるリオンの妹。
民想いの聡明な王女で、
その美しさと魔力の多さでも
知られる。しかし、リオンの
正体には気づかない。
いつか、その正体を知るときは
来るのか……!?

Celestia

クレハ

孤児院から送られてきた侍女で、
セレスティアが心を許している
数少ないうちの一人。
いつもは無表情で冷たい
印象さえ与える美人だが、
王女の前でだけは
年相応の笑顔を見せる。
その正体は元暗殺者。

Kureha

アイン

ドルイド自治領に潜入した
リオンの前に現れた謎の男。
麻薬組織の用心棒で、
部下を簡単に切り捨てる
冷酷な人物。
不思議な戦闘技術を用い、
リオンをも攪乱する実力を見せる。
果たしてこの男の目的は……？

Ein

プロローグ

Prologue

「セレスティア様、面会申し込みの書状が届いております。本日は三通です」

老執事が言うと、書類の山の向こうで銀髪の少女がため息をついた。

椅子《いす》の背もたれに体を預けると、一度、目元を揉《も》んでから口を開く。

「またなの？　どうせ私の評判を利用したい人たちでしょう？　アルベルトの判断で会うべき人がいれば残しておいて。あとは断っていいわ」

「かしこまりました。そのように手配いたします」

老執事アルベルトが控え室に下がると、少女はちらりと壁際《かべぎわ》に立つ男に目を向けた。

黒髪の男は少女の専属護衛であり、常に彼女の側《そば》に控えていた。

少女が不機嫌そうに言う。

「……何を面白《おもしろ》そうに見てるのよ――リオン」

「いえ。ティア様の素晴らしさがようやく貴族たちに浸透してきたようで、嬉《うれ》しく思っていたところです」

「ああそう……」

リオンと呼ばれた男は、銀髪の主が浮かべるうんざりしたような表情を見て、目を細めた。

……ふふ、うんざりした顔すら可愛《かわい》いとは……さすがは俺《おれ》の妹だ！

ここはエルデシア王国、王都エルデシュ東部にある屋敷。

銀髪銀眼の彼女こそ、この屋敷の主人であり、王国第三王女のセレスティア・ネイ・エルデシアであった。

執務室では、王女が溜《た》まった書類を相手に奮闘していた。

彼女は紋章都市クレスタを巨大隕石《いんせき》から守った『守護聖女』として、国中にその名を轟《とどろ》かせていた。しかし、そのせいで、貴族たちからの面会申し込みや商会からの売り込み、慈善団体への寄付のお願いなどが殺到し、仕事に支障をきたしているのだ。

リオンはそんな王女の様子を見て、懐《なつ》かしい想《おも》いに駆られる。

リオンの母も、こうして仕事に忙殺されていたからだ。

民のために何ができるか――王女の仕事ぶりは、母のそれとまったく同じである。

それもそのはず、リオンとセレスティア王女は実の兄妹であり、二人の母はこの屋敷の主であった故ルシオラ・マギア・エルデシア第三側妃だからだ。

だが、リオンが彼女の兄であることは誰にも知られてはいけない秘密である。リオンは幼いころに追放された元第五王子レオンハルトなのだ。そのことがバレれば、その累《るい》は妹にも及ぶ可能性が高かった。

リオンは改めて思う。

実の兄だと名乗れなくてもいい。ティアの側にいられるだけで充分だ。

じっと見ていたことに気づいたのか、王女が気まずそうに口を開く。

「何なの、またじろじろ見て……気持ち悪い」

妹に「気持ち悪い」と言われてももう慣れたものである。リオンは気にすることなく尋ねた。

「そういえば治療院の後任は決まったのですか？　民たちの治療に影響が出ているという話でしたが」

王女は小さく息をつくと、仕事の手を止めた。

「それも頭の痛い問題ね……あんな結果になったけれど、彼が腕の良い治療師だったことは確かだわ」

『彼』とは、王都紋章教会の大神官であったグスタフのことである。

グスタフは教会に併設された治療院で、治療師としても活躍していたのだ。

その行いのすべてが純粋な治療目的ではなかったとしても、結果としてグスタフが民たちを救っていたのは間違いない。彼がいなくなってから、王都の民たちの治療が滞《とどこお》っているのだ。

加えて、大きな問題がもう一つあった。

薬草の値段が高騰しているのである。

王女が続けた。

「せめて薬草が安ければ応急処置もできるのだけれど。もっと備蓄しておくべきだったわね……」

リオンが頷《うなず》く。

「南部の薬草地帯からの入荷が減っているのでしたね。天候不順のせいでしょうか？」

「どうかしら？　出入りの商人の話では、南部で麻薬が流通しているという噂《うわさ》もあるそうよ。薬草地帯で何か起こっているのかもしれないわね」

王女が難しい顔をしていると、執務室の扉がノックされた。王女が応《こた》えると、すぐに扉が開く。

入ってきたのは侍女服に身を包んだ紺色の髪の美形、元暗殺者のクレハである。

彼女は王女の側近候補であるが、普段は侍女としても働いているのだ。

クレハは王女の姿を見て笑みを浮かべると、壁際のリオンを見てげんなりした顔をした。

あんたいたの？　という表情である。

その対応の落差にリオンは少しだけ傷ついた。

クレハが言う。

「ティア様、王家から書状が届きました。こちらです」

「王家から？　珍しいわね……」

封蠟《ふうろう》を破り、書状に目を通すと、王女は何度目かの深いため息をついた。

「なんだったのですか？」

「……命令書だったわ。南部の領地を調査しろですって。麻薬製造の噂を調査するのが主な目的だそうよ」

王女がクレハに書状を渡しながら、ちらりとリオンを見た。先ほど話していた麻薬に関する案件だったからである。

クレハが書状にさっと目を通し、口を開いた。

「ドルイド自治領、ですか。数年前に王国に併合された領地ですね」

ドルイド自治領は、王国南部の山間部にある特殊な領地である。

元々、その地域には少数民族であるドルイド民が住んでおり、古来、外敵からの干渉の多い土地であった。

その地域の山や森で採れる薬草には貴重なものが多く、また鉱物資源も豊富だからである。

数年前、民族の代表は、先祖伝来の土地を守るため、王国と取引をした。

資源を融通する代わりに、他国からの侵略を王国に防いでもらうという取り決めである。

その結果、この地域は、ドルイド民族側の族長と、王国から派遣された領主の二人で共同統治される珍しい領地となったのだ。

リオンが話に加わる。

「その自治領から麻薬が流出しているなら確かに問題ですが……なぜセレスティア様に命令が

下るのでしょう？　王国から調査員を送ればいいだけではないですか？」

その点はクレハも同意見だったようで、王女の答えを待った。

王女が言う。

「何度か調査員を送ったそうだけど、問題解決には至っていないのよ。それに、ドルイド自治領には、パナケアと呼ばれる万能薬があるの。王国としては、彼らと親交を深めてパナケアを手に入れたいという思惑もあるのでしょうね……。だから今回は、王家の者を直接送ることでドルイドたちに誠意を見せたいのだと思うわ」

「なるほど……そういうことですか」

リオンとクレハが頷き合った。

王女が続ける。

「元々は、ヴァネッサ義姉様が担当する案件だったそうよ。義姉様は交渉上手だから」

ヴァネッサは王国の第一王女である。

実弟であるヘルマン王子が、セレスティア王女暗殺未遂事件を起こしたこともあり、リオンは姉である第一王女にも良い印象を持っていない。

しかし、第一王女は、正式にセレスティア王女に謝罪し、その後、自主的に謹慎していた。

それなりに常識的な人物なのだろうと、リオンは第一王女に対する評価を幾分か上方修正していた。

クレハが尋ねる。

「そのパナケアという薬は、それほど価値のあるものなのですか？」

王女がすぐに答えた。

「ええ。以前、薬について調べたことがあるのだけど、パナケアは、手の施しようのない重傷やとても助からない病も治せるそうよ。エリクサーや甘露《アムリタ》、神酒《ソーマ》、仙丹と共に世界五大万能薬として知られているわ。王国もそうだけれど、各国が欲しがるのも無理はないわね」

そう言うと、王女は窓の外に目をやり、つぶやくように言った。

「……そうね……パナケアがあればお母様のご病気も治せたかも……」

リオンとクレハは顔を曇らせる。

リオンと王女の母ルシオラは、道半ばにして病に倒れ、帰らぬ人となっていた。

おそらく、薬のことを調べたのは、その頃《ころ》のことなのだろう。

……ティア……

リオンは、妹の想いを想像して胸が痛んだが、思い直して大きな声を上げげた。

「それなら問題を素早く解決して、領主を驚かしてやりましょう！　もしかして、パナケアを譲ってもらえるかもしれませんよ？」

突然の声に王女は驚いたが、一つ息をつくと、わずかに笑みを浮かべた。

リオンが、自分を元気づけようとして、わざと声を上げたのが分かったのだろう。

「能天気でいいわね、リオンは……。でも、どうせ行くしかないわ。この命令には裏の意図も隠されてる……きっと私を王都から遠ざけて、評判の沈静化を狙《ねら》っている勢力があるのよ。その思惑に乗るのは癪《しゃく》だけど、私にとっては好都合だわ。薬草の流通問題を解決できるかもしれないし、麻薬が民たちの生活を蝕《むしば》んでいるなら早急な対応が必要だもの」

「おっしゃるとおりです！」

リオンは深く頷くと、王女と目を見合わせた。

うんうん、それでこそ俺の妹だ！

そこで、クレハが割り込むように提案した。

「それなら、リオンさんを先行させて領地の裏側を探らせてはいかがでしょう？」

「「……え？」」

王女とリオンは、同時に声を上げた。

クレハが続ける。

「調査が入ることは事前に領主にも知らされるはずです。ですが、それだと証拠を隠されてしまう恐れがありますよね？　ですから、対処される前にリオンさんを先行させるのが有効な策だと考えます。それに――」

クレハがリオンを睨《にら》みながら言った。

「この前は、リオンさんがティア様に同行しましたから。今回は私の番かと」

王女は少し考える素振りを見せると、軽く頷く。

「同行する順番はさておき……策としては悪くないわね」

リオンがすかさず反論した。

「いいえ、セレスティア様！　護衛も付けずに領地に赴くなど危険です！」

それには、クレハがすぐに答える。

「私とティア様が変装して領地に向かえばいいでしょう？　あなたが前回使った手だわ。街道沿いなら治安もいいし、なんなら冒険者を護衛に雇ってもいい。隠蔽《いんぺい》工作にもなって一石二鳥よ」

ぐっとリオンは詰まった。クレハは、前回、リオンとセレスティア王女が二人きりで旅をしたことを、まだ根に持っているのである。

「それでは戦力が足りません！」

「では、ツバキたちを同行させましょう。ティア様も、ツバキたちの実力は知っておいでですから」

クレハが王女を見ると、王女は頷いた。

セレスティア王女は、前回、囮《おとり》を頼んだ騎士団の団長から、侍女見習いたちの見事な戦いぶりを聞いていた。ツバキたちの戦闘能力は、すでに王女も知るところなのである。

リオンは内心、舌打ちした。

クレハが優秀なのは仲間としては心強いが、こうして敵に回すと厄介《やっかい》なのである。

リオンは食い下がった。できるだけ妹の側にいたいからである。

「しかし……ツバキたちでは実力が足りないのでは？」

「では、そのことをツバキたちに伝えてください。彼女たちが認めれば、私も諦《あきら》めますから」

クレハの返答に、リオンは再び、うぐっと詰まった。

そんなことを言ったら、ツバキたちがどれほど悲しみ、落ち込むことか……

彼女たちはリオンを主だと考えており、リオンの一言一句に激しく反応するのだ。

……そんなかわいそうな真似《まね》は……できない……！

ふふんと、クレハはしてやったりという表情を浮かべる。

そこで、王女が何気なく尋ねた。

「護衛戦力ということなら――クレハだって戦えるのでしょう？」

突然の問いに、クレハが息を呑《の》む。

今度はクレハが詰まる番だった。表情を強張《こわば》らせ、言い淀《よど》みながら答える。

「……え？　い、いえ、ティア様……誤解されているようですが、私は普通の孤児で……」

クレハが口ごもるのも無理はない。

彼女が戦えることを認めれば、なぜ戦えるのか、どうして今までそのことを言わなかったのかを説明しなければならない。

それはつまり、クレハが、王女を狙う暗殺者だったことを告白することに他《ほか》ならないのだ。

黙って俯《うつむ》いてしまったクレハを気にしないような振りをして、王女は結論を言った。

「では、今回はクレハの提案を受け入れましょう。――リオン、領地の裏側を探るため先行しなさい。私たちは後から変装して領地に入る。合流方法は任せるわ」

「しかし、セレスティア様！」

王女がぴしゃりと言う。

「くどい。この方法が最良だと私が判断した。己《おのれ》の職務を十全に果たしなさい。以上よ」

主にこう言われては、もうどうすることもできない。

「……承知いたしました」

リオンは渋々頭を下げると、クレハとともに退出した。


リオンが出立の準備をしていると、クレハがノックもせずに部屋に入ってきた。

彼女は壁に寄り掛かると、リオンが準備しているのを何も言わずにぼんやりと眺める。

おおよその準備が整ったところで、リオンが口を開いた。

「……先ほどの件か？　セレスティア様は勘のいい方だ。いずれはこういう時が来ただろう」

クレハはひどく青ざめた顔をしていた。

彼女にとって、セレスティア王女は特別な存在であり、王女に拒絶されることが何よりも怖いのである。

「ねえ、リオン……私、どうすればいい？」

執務室での攻撃的な物言いからは考えられない弱気な態度である。

……いつもこういう態度なら可愛げもあるんだがな……

リオンが口を開いた。

「分かった。俺に任せておけ」

「ほんと⁉」

すがるような眼差《まなざ》しで、クレハが顔を上げた。

珍しく弱気な彼女を見て、リオンは軽口を叩《たた》くことにする。

その方が、彼女を元気づけられると思ったからだ。

「ああ、俺がセレスティア様に言っておいてやるよ。――俺もクレハに殺されそうになったんですってな」

クレハが息を呑むと、見る間に怒りの表情に変わった。リオンを睨んで声を上げる。

「最っ低！　ほんとあんたって嫌な男ね。相談して損した！」

怒って出ていこうとするクレハの背中に、リオンは声を掛けた。

「お前の過去がどうだろうと、気にされる方だと思うか？　お前が選んだ主はそんな狭量な方なのか？」

クレハは一瞬立ち止まると、つぶやくように言う。
「そんなこと……言われなくても分かってる」
彼女はそう言うと、振り返らずに部屋を出ていった。
リオンは一つ長い息をつく。
クレハにとっては重大な問題だろう。それに……俺も人のことは言えない。
俺にも、追放された王子だという誰にも言えない秘密があるからな……
――さて、そろそろ行こう。
リオンは荷物を持つと宿直室を後にした。
向かうは王国南部山間地帯、ドルイド自治領である。

第一章 ✕ ドルイド自治領潜入

王都某所。第一王女ヴァネッサの屋敷。

彼女はいつものように窓辺でお茶を飲みながら、外の景色を眺めていた。

椅子《いす》に座っているのはヴァネッサ王女一人だったが、彼女は向かいにもう一人座っているかのように話していた。

「ドルイド自治領の調査命令はセレスティアに下ったそうよ。予定どおりね」

屋敷で謹慎する前、ヴァネッサは王城に出向き、それとなく自分の後任としてセレスティア王女が選ばれるよう誘導していた。巧みに会話の方向性を操《あやつ》り、王侯の意識にセレスティアの名を刷り込んだのである。

精神魔法など使わなくとも、ヴァネッサは人の心を誘導する技術を持っていた。

彼女は一口お茶を飲むと、顔を曇らせてため息をつく。

「それにしても麻薬だなんて……馬鹿《ばか》なことをするものだわ。あなたもそう思わない？」

もちろん、その問いに答える者はいない。

自治領における麻薬問題に困っているのはヴァネッサも同じだった。

彼女も万能薬パナケアには興味があり、少しずつ領地に介入して、いずれは入手しようと考えていたのだ。

だが、麻薬問題が表面化した今となってはもう難しい。

国中の目が注《そそ》がれているこの状況で、自治領に手を出すのは目立ちすぎるからだ。

彼女は、自分は目立たず、責任は誰かに押しつけ、利益だけを掠《かす》め取るのが好きなのである。

ヴァネッサはもう一度深いため息をついた。

「まったく……もう少し頭の良い方だと思っていろいろ工作して差し上げたのに……あの領主はもう駄目ね。まあ、あの領地は別の用途に使うからいいけれど」

彼女はすでに領主を見限り、自治領をある種の実験場として位置づけていた。

「そうそう、あの地には地霊という存在が眠っているそうよ。森を守護する亜神の類《たぐい》だとか……。伝承でしか伝わっていないけれど、大きな力を持っているのは間違いなさそうね」

自治領南部には広大な荒れ地が広がっており、その地は、遙《はる》か昔、亜神が暴れたせいでできたと言われている。

不意に、泡が弾《はじ》けるようなごぼごぼとくぐもった音がした。テーブルの上に円筒形のガラス瓶《びん》が置かれている。音はその瓶から発生していた。

ヴァネッサはその音を、返事だとでも解釈したように続ける。

「そうよね。私もそう思う。そんなすごい地霊が眠っているなら――」

彼女が破顔して言った。

「ぜひとも、目覚めていただかなくては！」

ごぼりと一際《ひときわ》大きな水音が答える。

ヴァネッサはその音に頷《うなず》くと、蕩《とろ》けるような顔で言った。

「とても良い実験の機会だわ。ああ、私のリオンはどんな活躍を見せてくれるのかしら……本当に楽しみ！」

＊＊＊

「こんな辺境なのに、ずいぶんと活気があるんだな……」

リオンは街を見回し、その賑《にぎ》やかさに驚いていた。

ここはドルイド自治領、中心街。

王都から自治領までは馬車で四日ほどの距離があったが、リオンは途中で馬車を降り、自分の足で走ってきた。その方が早いからである。

いち早く領地に入り、王女のためにできる限りの調査を行うつもりなのだ。

合流したらティアに褒《ほ》めてもらおう……ふっふっふ。

そんな皮算用をしながら、リオンは街を見て回った。

広場には多くの出店が集まって市場を形作っており、商人だけでなく、薬師や職人たち、また傭兵《ようへい》や冒険者などの姿も多く見かけた。

自治領は新興の領地であり、商機を逃すまいと商人たちが集まってきているのだ。

商人の護衛には傭兵や冒険者が必要となり、冒険者たちがいれば鍛冶職人や薬師などの需要も高まる。人が増えれば酒場や宿といった施設も増え、そこで働く人たちも集まってくる。

こうして良い循環が起こり、ドルイド自治領は南部でもっとも成長の著しい領地となっていた。

屋台から香ばしい匂《にお》いとともに、嗅《か》ぎ慣れない香りが漂ってくる。

店の主人がリオンに声を掛けてきた。

「兄ちゃん、どうだい？　肉串の香草焼きだよ！　ここでしか食べられない絶品の串焼きさ！旨《うま》くて安くて、おまけに薬草の効果で滋養にもいい！　食べなきゃ損だぜ！」

「へえ。じゃあ、一本もらおうかな」

「あいよ！」

主人から肉串を受け取り、一口囓《かじ》る。確かに王都で売っているような普通の串焼きとは違った。後味に爽《さわ》やかさが残るのだ。

なるほど香草焼きか……領地の名物料理として売り出しているのか……

この領地は薬草の産地であり、森で採れる薬草や香草を使った商品を次々と開発していた。

なかでも、様々な薬草を漬け込んだ薬草酒が人気で、王都でも愛好者が増えているらしい。

薬草酒の名は『パナケーア』。

万能薬パナケアにちなんだ名前で、健康長寿に効果があると注文が殺到しているそうだ。

なかなかやり手の領主だな……

この領地は、王国から派遣された貴族と、ドルイドの代表である族長の二人で共同統治しているという。街中には衛兵の姿もあり、治安は保たれているようだった。

歩きながら、リオンは考えを巡らせる。

麻薬の件は、王国側領主の仕業なのか、それとも民族側の族長がやっていることなのか。

あるいは、二人で共謀しているのかもしれないな……

いずれにせよ、麻薬が流出しているなら、どこかに製造工場があり、何らかの手段で他領に運び出しているはず……ある程度、組織的に動いているに違いない。

手がかりを得るためにも、まずは街で聞き込みしよう。

当面の方針を決めると、リオンはさっそく行動を開始した。


「領主様がどんな人かって？　なかなかのお人だよ！　こんな辺境の領地をこれだけ栄えさせたんだからな！」

「遠目から見ただけだけど、たいそう立派な方だったよ。やっぱり御貴族様は違うねえ」

「領主様が街道を整備してくれたおかげで、荷馬車が通りやすくなって助かるよ！」

聞き込みをした限りでは、領主は有能な人物で、民からの評判は上々だった。

一方、ドルイドの族長に対しては、あまり良い印象を持っていないようである。

露天商のおばさんが言った。

「最近、族長さんの顔も見ないねえ。やっぱり、あの人たちは森に引きこもってる方が性に合ってるんじゃないのかい？　……そうそう、森に入るにもいろんな規則があるみたいでね、領主様も困っているそうだよ」

言われてみれば、街でドルイドらしい人の姿を見かけない。

彼らは山間部や森の中で生活しており、街にはあまり下りてこないそうだ。排他的な民族なのかもしれない。

麻薬について尋ねると、皆一様に嫌な顔をした。そんな噂《うわさ》を流すのは勘弁してほしいと口々に言う。なかには「麻薬が流出してるなら、きっとあいつらの仕業さ」と露骨に山の方に目をやる者もいた。どうやら街の民たちは、ドルイドに偏見を持っているらしい。

リオンは商人の護衛として雇われた冒険者や傭兵たちにも話を聞いてみた。

「秘密の儲《もう》け話があると聞いたって？　……兄ちゃん、まさかそりゃあ麻薬の話じゃないだろうな？　……酒がまずくなる。あっちへ行ってくれ」

「薬の運搬を依頼されたことがあるかだと？　依頼人の荷物を詮索するわけがないだろ

う？　……あんた、何を探ってるんだ？」

彼らは警戒心が強く、一杯おごったくらいでは有益な情報は得られなかった。

路地裏を覗《のぞ》いても、麻薬の売人や中毒患者らしき人物は見られない。麻薬が製造されているとしても、領内では流通していないのかもしれなかった。

聞き込みをするうちに、リオンは、街のあちこちに小さな像が立っていることに気づいた。

像は少年を模したもののようだが、背中には羽が生えている。

この地方で信仰されている土着の神かもしれない。

不思議なことに、像の前には、木槌《きづち》やノコギリ、はさみなどが供えてあった。ちょうど祈りを捧げていた女性に尋ねると、その像は『カテス』という名の妖精《ようせい》だという。

「カテス様は細工物の神様でね……こうして工具や道具をお供えすると上手に使えるようになるって言われてるの。だから、私も古くなった包丁を供えてるってわけ」

その女性は宿屋の給仕兼、調理補助として働いているそうだ。

像をじっと見ると、その妖精は、何かを両手で握っているように見える。

「これは何を握っているんですか？」

「いろいろ言われているけど、定説は金槌《かなづち》ね」

……金槌？　あ！

その瞬間、リオンは理解した。

これ――ガデス父さんだ！

ガデスは巨大な槌を振るい、一切合切《いつさいがつさい》を叩《たた》き潰《つぶ》す岩窟の王である。

名前が変わり、その姿も変化していたが、おそらく、この妖精が現代に伝わるガデス王だろう。槌を扱うという点だけはちゃんと伝わったらしい。

これが今のガデス父さん……

リオンはじっとカテスの像を見ると――「ぶほおっ！」――その愛らしさに堪《こら》えきれず、噴き出してしまった。リオンの知るガデスは、厳《いか》つい顔に髭《ひげ》を生やした偉丈夫だからである。

「あはははは！　妖精になってる！　可愛《かわい》らしい！　あははは、げほっげほおっ」

咳《せ》き込むリオンを見て、女性はいぶかしげな表情を見せたが、背中をさすって心配してくれた。

「ちょ、ちょっと！　あんた、大丈夫!?」

「はあ、はあ……いえ、大丈夫です。すみません……はぁ……」

観光客と思ったのだろう、しばらくして彼女が「宿がまだだったら、うちに来れば？」と誘ってくれた。聞いてみると、そもそもリオンが泊まろうと思っていた宿だった。

泊まらせてもらうことを告げると、彼女は喜んで案内してくれた。

「ちょっと中心街からは遠いけど、静かなところだから」

「いいですね。そういう風情のある宿に泊まりたかったんですよ」

むしろ、静かで、人目につかない場所の方がいい。

夜は物騒だからな……何が起こるか分からない……

リオンは、こちらを窺《うかが》う不穏な気配に気づかない振りをして、彼女についていく。

そして、ちらりとカテス像に目をやると、またぶほおっと噴き出した。

「……くくく……妖精さん……ふふふ……」

「何がそんなに面白《おもしろ》いの？　変な人ねえ」

リオンは呆《あき》れた顔の彼女に連れられ、その日の宿に到着した。


宿の料理はなかなかのもので、彼女を褒めるととても嬉《うれ》しそうにしていた。

夕食後、部屋に戻ったリオンは、さっそく墓所に連絡を取る。

鞄《かばん》から通信用の魔道具を取り出すと、魔力が溜《た》まっていることを確認してボタンを押した。

ほどなくして、立体的な絵が魔道具の上に現れた。

その巨体を見て、リオンは声を上げる。

「あれ、ガデス！　もしかして待っててくれたの？」

厳つい顔にパッと笑みを浮かべると、大男はすぐに渋面《じゅうめん》を作って腕組みをした。

そっぽを向きながら言う。

『な、なんだ、リィ坊か。待ってたわけじゃねえぞ？　たまたま座ったところが魔道具の前だったってだけだ。それで……お前元気でやってんのか？　別に心配しちゃいねーがな！』

リオンはそんなガデスを見て、笑みを浮かべた。

ガデスはいつもこんな調子なのだ。

巌窟王《がんくつおう》ガデス――巨大な槌を振るい、あらゆる敵を粉砕する苛烈《かれつ》なる王。

だが、その本性は家族想《おも》いの優しい王なのである。

「うん、元気でやってるよ。そっちはどう？　みんなとまた喧嘩《けんか》してるんじゃない？」

『それは……！　俺様《おれさま》のせいじゃねえ！　あいつらが突っかかってくるからよお！』

リオンはくすりと笑う。

突っかかっているのではなく、からかわれているのだ。

純朴な性格のガデスは、とてもからかいがいのある王なのである。

そこで、ひょいとシオネルが顔を出した。精霊王シオネルは、リオンの教育係を自認しており、魔道具の管理も行っている育ての親代表のような王である。

「シオネル！　ガデスが座ってて驚いたよ」

シオネルが目を細めて、リオンを見た。

『やあ、愛《いと》しい我が子。元気にしていたかい？　……いや、ガデスがどうしても次は自分だと聞かなくてね』

ガデスがすぐに声を上げた。

『シオネル、てめえ！　そういうことをリィ坊の前で言うな！　威厳がなくなるだろうが！』

シオネルもリオンも、同時に噴き出した。そんなことを言っている時点で、威厳も何もないのである。

他《ほか》の王たちも集まってきたのか、背後が騒がしくなってきた。

ここでまた燃料を投下するのもどうかと思ったが、リオンはガデスが妖精神として伝わっていることを伝えた。みんなの反応は――

わははははははははっ！　――

『妖精とはな！』『くく……妖精』『なにそれ！　妖精て！』『ガデスが妖精……ぷっ』

盛大に笑われ、ガデスは真《ま》っ赤《か》な顔で抗議した。

『おめーら笑うんじゃねえ！　槌は伝わってんだから、まああだろーが！』

確かに女神として伝わっている格闘王ボルドや、武神として伝わっている守護王ウェルナーに比べれば、まだましかもしれない。伝わり方にはいろいろあるようだ。

ひとしきり笑ったあと、リオンはちょっとした頼み事をした。

魔法に関することなので、魔術王ケネーシュに尋ねるつもりだったが、先んじてシオネルが助言してくれた。

『ふむ……その用途なら、ケネーシュの対抗術式では強すぎる。もっと簡易的な方法を使いなさい。東方の魔術にちょうどいいのがある。紙と書くものはあるかい？　一緒にやってみよう

――』

リオンはシオネルに教えてもらいながら、紙を切り、文字を書いた。

「そっか……こういう方法もあるんだね。ありがとう、シオネル」

シオネルが微笑《ほほえ》んでリオンを見つめる。その後ろでケネーシュが『ズルいぞ、シオネル！　ボクが教えようと思ったのにい！』と騒いでいたが、気にしないことにした。

今ほど作った紙を懐《ふところ》に入れると、リオンは手短にこちらの様子を話した。

調査で南部の山間部に来ていることを伝えると、ガデスが通信に割り込んできた。

『南部の山間部？　もしかして、あのデカい山があるところか？　だとしたら、あそこには――地霊が住んでるぞ』

リオンも、ドルイド自治領の山には地霊が眠っていると聞いていた。

地霊とは、土地に根付いた魔物が、数千年生き永らえた末に昇位した存在である。神に近い存在として『亜神』と呼ばれることもあり、大抵は土地の守り神として丁重に祀られている。

リオンは尋ねた。

「地霊って元々魔物なんだよね？」

『ああ。あの土地には地脈ってのが通っててな、その魔物は地脈の力を取り込んで地霊になったって話だ』

「地脈って、地下深くを流れる生命力の源……だっけ？」

リオンが聞くと、座学も担当していたシオネルが、ガデスの背後から答える。

『よく覚えていたね。地脈を正確に定義づけるのは難しいが、まあ、世界を形作る力の源泉と言ったところさ』

なるほど……その力を利用することで魔物が地霊になったのか……

「それで、ガデスはその地霊を知ってるの？」

『おうともよ！　あいつは温厚……ってより、正直ビビリだな。俺様が友誼《ゆうぎ》を結ぼうと入山したら、退治しに来たと思ったのか地面に潜ったっきり出てこなかったんだぜ？　無理やり引っ張り出したら、目を白黒させていやがった。ありゃあ傑作だったな！』

また乱暴なことを……でも温厚な地霊なのか……

ガデスとも面識があるなら、いざとなれば交流もできそうだ。

その時、リオンはふと窓の外に目をやる。

一つ息をつくと、王霊たちに告げた。

「ごめん、お客さんが来たみたい。そろそろ切るね。また連絡するから」

ガデスがわずかに表情を曇らせると、自分を納得させるように何度か頷く。

『そ、そうか……まあ、寂《さび》しくなったらいつでも連絡してこい。俺様はいいが、他の奴《やつ》らが寂しがってるからな。俺様は別にそうでもないが、皆がなあ……』

背後から、王たちの含み笑いが聞こえてくる。

リオンは笑みを浮かべると、答えた。

「分かった。じゃあ、ガデスも元気で！　みんなにもよろしくね！」

ガデスばかりがリオンと話すのに、文句を言おうとした王もいたが、通信が切れた後のガデスの寂しそうな顔を見て、思い留まった。

リオンは、王霊たち一人ひとりにとって大事な我が子である。

会えなくて寂しいのは皆同じなのだ。

リオンの世話係を自認している守護王ウェルナーが、ガデスの肩に手を置き、話し掛ける。

『ガデスがその地霊に会ったことがあるとは、偶然もあるものですね……。でも温厚な地霊で良かったですよ。万が一にも、リオン坊と敵対することになったら大変ですからね』

そう言われた瞬間、ガデスはがばりと立ち上がり、声を上げた。

『あ――しまったああああああっ！』

王たちが驚きの表情でガデスを見る。

ウェルナーが尋ねた。

『な、なんなんです⁉』

ガデスが王たちを振り返って言う。

『あの地霊は血に酔うとむちゃくちゃ凶暴になりやがるんだ！　そうなったら手が付けられねえ。俺様も三日三晩やり合って、ようやく封じることができたんだった。……ああ、忘れてた……リィ坊に教えておけばよかったああああ！』

『『『『な、なんだってえええええぇ⁉』』』』

王たちが目を剝《む》いて、大声を上げる。

守護王ウェルナーがわなわなと震えながら言った。

『あなたって人は……なんで、そんな大事なことを教えないんですか⁉　この――』

ガデスを指差し、ウェルナーが叫ぶ。

『うっかり妖精めえええっ！』

その後しばらくの間、ガデスは他の王たちから「うっかり妖精」と呼ばれ、白い目で見られることとなった。


リオンが通信を切ったのは、宿の外に気配が集まってきたからだった。

……もう少し深い時間に来ると思ったが、意外に早かったな……

濃厚な殺意の気配が宿を取り囲んでいる。

これは、昼間、わざと目立つように聞き込みをした成果だった。

領地の裏側を探るには、裏で動いている組織と接触する方が早い――リオンはそう考え、組織の人間が襲撃してくるよう仕向けたのだ。

さて、宿に迷惑を掛けるわけにもいかないだろう。

リオンは窓を開けると、音もなく路地に飛び降りる。

路地で待機していた数人が、突然飛び降りてきた標的に驚いた様子を見せたが、すぐさま襲い掛かってきた。

小型のナイフしか使わないところを見ると、おそらく、捕まえて尋問するつもりなのだろう。リオンの背後に、どこかの組織や貴族などがいるかどうか調べる気なのだ。

賊たちが素早くリオンを取り囲み、連携して攻撃を仕掛けてくる。

リオンは彼らの攻撃を捌《さば》きながら、考えを巡らせた。

末端の構成員のわりに練度はそこそこだ。傭兵や冒険者崩れを雇っているんだろう。

ここで戦うと宿に迷惑が掛かる……少し移動するか。

リオンがふとあらぬ方向に視線を向けると、賊たちも思わず釣られて意識を逸《そ》らす。

そのほんの一瞬の隙《すき》にリオンは包囲網を抜け、人気《ひとけ》のない方向へと走り出した。

「な⁉」『え！』『消えた⁉』『ど、どこに行った⁉』

賊たちがたじろぎ、驚愕《きょうがく》の表情を浮かべる。

彼らからすれば、標的が突然消えたように見えただろう。この程度の相手なら、彼らの認識の隙間《すきま》に入り込むだけで、簡単に振り切ることができるのだ。

「あっちにいやがった！」「追え！」

しばらくして気づいたのか、賊たちが合流して追いかけてくる。

敵の気配を数えながら、人気のない場所まで辿《たど》り着くと、リオンはくるりと反転し、いきなり攻勢に転じた。

「っ⁉」

賊たちが、突然の反撃に浮き足立つ。リオンの速度に付いてこられた者はごくわずかだった。

集団で襲ってきたのに、これでは連携攻撃も行えず、集団で襲撃した意味がない。

バラバラになった賊たちは、もはや各個撃破のいい的でしかなかった。

リオンは賊たちを一人ずつ、確実に仕留めていく。

これで八人……多いな……一人を襲うにしては慎重すぎる……

あらかた倒したところで、賊の一人が声を上げた。

「せ、先生！　こいつは強ええ！　助太刀《すけだち》、お願いしやす！」

その途端、暗がりから突然男が現れた。

リオンは違和感を覚え、警戒を強める。男の気配が不意に出現したからだ。

気配を完全に絶てるのか？　……いや、そこまで器用には見えない。

「先生」と呼ばれた男は、溢《あふ》れ出る殺意を隠そうともしていなかった。

リオンを見て目を細めると、男は面白そうに口を開く。

「昼間、麻薬について嗅ぎ回ってたってのはお前か。……王国の調査員？　それとも他領の諜報員《ちょうほういん》か？　……いや、もしかするとどこぞの暗殺者かもしれんなあ。怖い怖い」

男は腕を組み、ニタニタと笑っている。

得体の知れない男だったが、おそらく組織の用心棒だろう。腕に覚えがあるのは間違いなさそうだった。

……どうも、よく分からない気配の持ち主だな……一合、やり合うか……

リオンが一歩足を踏み出した瞬間、男が腕組みを解き、ナイフを投げてきた。

ナイフが飛んでくるのは分かっていた。腕組みの陰で、男がナイフを用意しているのが見えたからだ。リオンは最小限の動きで、すべての投げナイフを躱《かわ》した――

はずだった。

なに⁉

かわした瞬間、突然ナイフが軌道を変え、あり得ない方向から迫ってきた。

リオンは咄嗟《とっさ》に上体を反らし、首をひねってナイフを躱す。攻撃を避けながら、目まぐるしく考えを巡らせた。

どういう仕掛けだ⁉　糸ではない。魔法でもない。俺の知らないナイフ術か？

ナイフの攻撃が終わった途端、今度は突然、背後に男の気配が現れた。

後ろ⁉

リオンは軽く息を呑《の》みながらも、素早く回し蹴《げ》りを放つ。

男は一瞬、驚愕の表情を浮かべると、次の瞬間にはリオンの目の前にいた。

男が感嘆《かんたん》の声を上げる。

「お前、今の動きに付いてこられるのか！　たまげたぜ！」

「ひゅ！」

リオンは鋭い呼気とともに、予備動作なしで、すかさず掌底《しょうてい》の三連打を放った。

回避することなど到底できない神速の連続打撃である。

だが――その拳《こぶし》は空を切った。その時すでに、男はリオンの背後に回っていたのだ。

男が慌《あわ》てたように声を上げる。

「あっぶねえええ！　ノーモーションかよ！　こんな奴が――」

男のセリフは続かなかった。リオンの投げたナイフが目前に迫っていたからである。

リオンは男の回避パターンを読み、掌底を放つ前に、後ろ手にナイフを投げていた。

もちろんそのナイフは、先ほど男が投げたものである。一つ掴《つか》んで取っておいたのだ。

「うおっ！」

思わず声を上げた男だったが、一歩前に出るような動作をすると――なぜか、ナイフは男をすり抜けて飛んでいった。

リオンは今度こそ、驚きに目を見開く。

今のは回避ではない！　特殊なスキル⁉　まさか実体じゃないのか？　仕掛けが分からない……！

両者は互いに距離を取り、再び対峙《たいじ》した。

男が一つ息をつくと、歪《ゆが》んだ笑みを浮かべて口を開く。

「ふう、こんな奴がいるとはな……。一合で殺しきれなかったのはお前が初めてだぜ？　一体、何者なんだ？　何が目的だ？」

男の警戒が緩んだことを確認すると、リオンも戦闘態勢を解き、当初の予定通りに事を進めることにした。リオンは肩をすくめると、男に提案する。

「俺を――」

「ああん？」

リオンが続けた。

「組織の用心棒として雇わないか？」

男は数秒固まると、しばらくして豪快に笑い出した。

「くく……くはははははっ！　こいつあいい！　お前、就職先を探してたのかよ⁉　だったら早く言えよ！　戦って損したじゃねーか！　ぐはははははっ！」

倒したはずの賊たちが、頭を振って起き上がり、ふらつきながら集まってきた。

リオンは最初から、誰一人として殺していないのである。

男が上機嫌で言った。

「そーかそーか。お前は就職試験を受けるために、オレたちをおびき出したってわけだ！　こいつら三下との戦いは、言ってみりゃ実技試験ってことだな！　……ったく、てめーら、いいようにやられやがってよお、情けないったらねーぜ！」

破顔する男を見て、手下たちが薄笑いを浮かべる。

「へへ……」『すいやせんでした、先生」

男が首を振った。

「なあに、いいさ。全っ然いいんだぜ？　なにせ、おめーらは――ここでクビだからな」

男がさっと手を振ると、手下たちが次々と倒れていった。彼らの額《ひたい》には、ナイフが深々と突き刺さっていた。即死である。

その光景を見て、リオンは表情こそ変えなかったが、内心苦々しく思っていた。

……なるべく人死には出したくなかったんだが……

男がリオンを見て、ニヤニヤしながら言う。

「ってなわけで、こんな物騒な組織なんだが……それでも入りたいか？」

「ああ」

リオンが答えると、男は懐から巻物《スクロール》を取り出した。

「ようし、なら契約と行こう！　これは契約魔法の巻物だ。最高級品だぜ？　オレとお前で主従契約を結ぶ。もちろん構わないよな？」

契約魔法で契約を結べば、リオンはこの男に逆らえなくなる。

逆らえば、死ぬことになるのだ。

だが、こうした魔法でもなければ、突然現れたリオンを組織に入れようなどとは思わないだろう。

リオンは一瞬、懐に入れた紙に意識を向けると、男の提案に素直に頷く。

それを見て男はにちゃあと笑い、巻物を広げて契約魔法を行使した。

二人の足元の地面に、赤黒く輝く魔法陣が広がっていく。

それはまるで、できたばかりの血溜まりだった。

黒い鎖が男の胸からじゃらりと垂れ下がり、先端がリオンの胸に刺さると、ふっと煙のように消える。男の手の中で巻物が黒い炎を上げて燃え、灰となって手から零《こぼ》れ落ちていった。

これで主従契約は完了である。

男は嬉しそうに目を細めると、口を開いた。

「オレはアイン。一番って意味だ。組織の用心棒をやってる。お前の名は？」

「レオ」

男は――アインは――にちゃりと笑う。

「お前はオレ直属の部下だ。これから死ぬほど働いてもらうぞ？　頼んだぜ、レオ」

「ああ、よろしく頼む。アイン」

死屍累々の広場で、アインとレオことリオンは、白々しい握手を交わす。

アインが喉《のど》の奥でくつくつと笑った。

こうしてリオンは、領地の裏側で蠢《うごめ》く犯罪組織に入り込むことに成功したのである。

第二章 異国の美姫一行

「ティア様、とてもよくお似合いです」

「そう？　クレハも髪型を変えたのね。素敵よ」

「恐れ入ります。……そろそろドルイド自治領が見えてくる頃《ころ》ですね」

クレハが馬車の窓から外を見て言った。

セレスティア王女たちが王都を出てから三日。今日の午後には自治領に到着する予定だった。

用意した馬車は二台。御者席にはツバキたちが座り、巧みに馬車を操作していた。

今回、王女は異国の令嬢に変装して領地を訪問することにしていた。

自治領に入る前に馬車を止め、王女は長い黒髪のカツラを被《かぶ》り、ややきつめに化粧を施した。

薬師に調合してもらった目薬を差し、瞳《ひとみ》の色も青に変えている。

クレハも雰囲気を変えるため、長い髪を編み込み、後ろでまとめていた。側近らしい地味な服装に着替えているが、それがかえって彼女のスタイルの良さを強調している。

第三王女が自治領を視察する件は、すでに領主に伝えられている。

だが、その日程は一ヶ月ほど先である。

王女は領地の本当の姿を見極めるため、日程も変更しているのだ。

これで領主に気づかれることはない。セレスティア王女は抜かりのない人物なのだ。

そんな用意周到な王女は、やや浮かない顔をして、一つ息をついた。

なんだか落ち着かないわね……

王都を発って日が過ぎるごとに、そわそわした感じが高まってきている。聡明な王女には、もちろん、その理由が分かっていた。

もう五日ほど、護衛の顔を見ていないからである。

身の危険を感じて、不安に思っているのではない。そうではなく、もうすぐ彼に会えるかと思うと、わずかに心が沸き立つような感覚を覚えるのだ。

そんな自分の感情に気づき、王女は内心戸惑う。

自治領の調査命令が届いた時、彼女は「また彼と旅ができるのね」と少し楽しみに思った。

それがクレハの提案でなくなった時は、微《かす》かに残念な気持ちになったものである。

王女はちらりとクレハに目をやった。

クレハと旅をするのはもちろん楽しい。王女にとって、気兼ねなく話ができるのはクレハだけだと言っていい。

ただ、彼と共に旅をするのは、クレハと一緒の時とはまた違う好ましさがあるのだ。

流れる景色を眺めながら、王女は考えを巡らせる。

……あまり良くない傾向ね……

彼女は努めて冷静に自分を分析した。

協力するのは悪くない。でも依存するのは良くないことだわ。

依存は甘えを生む。彼が……リオンが頼りになるのは……まあ、認めざるを得ないけれど、彼に依存するのは間違っている。

私は王位を臨む者……自分の足で立ち、己《おのれ》の信念に基づいて判断を下さなければならない。誰かを当てにすることなどできないわ。

そう……彼が——ずっと側《そば》にいてくれるわけではないのだから。

そう考えた途端、ぎゅうと胸が締め付けられたようになり、王女は思わず眉根《まゆね》を寄せた。

「……ティア様、どうかされましたか？　馬車に酔われたのでは？」

クレハが心配そうに尋ねるのに、王女は笑みを浮かべて首を振る。

「大丈夫よ。なんでもないわ」

そう答えながら、王女はそっと胸に手を当てた。

心臓の鼓動が速くなっている。

自分でも分かっていることだったが、彼女は誰かが不意にいなくなることに、とても敏感に反応してしまうのだ。兄がいなくなった時のことを思い出してしまうからである。

王女は長い息を吐いた。

少し思い詰めすぎね。もっと気軽に考えよう。

クレハもそうだけど、リオンは私の側近候補だもの。短くとも数年、長ければ数十年、共に過ごすことになる。少しくらい離れても何の問題もないわ。

でも……

王女は執務室でのやり取りを思い出す。

（くどい。この方法が最良だと私が判断した。己の職務を十全に果たしなさい）

うーんと王女はほっそりした顎《あご》に指を当てて考えた。

ちょっと、きつく言いすぎたかしら……

王女は、リオンの困ったような、悲しそうな顔を思い出し、ほんの少しだけ反省した。


ドルイド自治領に入ると、王女たち一行は、すぐに領主の屋敷に案内された。

事前に先触れの馬を出し、到着を告げていたからである。

王国側領主の屋敷は、中心街からやや離れたところに立っていた。

かなり豪華な三階建ての屋敷で、庭もよく手入れされている。

隣には騎士団の駐留所なのだろう、無骨な建物と広い教連場が見えた。

領主館と駐留所が隣同士というのは珍しい。治安維持のためなのか、それとも――

……騎士団と密に連携を取る必要でもあるのかしら……？

王女は抜け目なく周囲の様子を窺《うかが》いながら、衛兵の招きに従い屋敷に入る。

エントランスでは侍女や使用人たちが集まり、頭を下げて待機していた。

執事が恭しく口を開く。

「ようこそおいでくださいました。私は当屋敷の筆頭執事でございます」

王女は笑みを浮かべると、鷹揚《おうよう》に頷《うなず》いた。

「歓迎ありがとう。皆さんにお目にかかれて大変嬉《うれ》しく思います。こちらは私の侍女たちです。ツバキたちは荷物をお願いね」

王女は礼儀正しく振る舞いつつも、上位者であることを印象づける。

その方が何かと動きやすくなるからだ。

このような歓待を受けるのは、一行が、エルデシア王家からの紹介を受けて訪問しているからである。そしてセレスティア自身も、異国の王族か、それに準ずる家柄の人間であることを仄《ほの》めかしていた。

つまり彼女たちは、異国から訪れた姫君一行なのである。

屋敷の侍女や使用人たちが、半ば驚きの目で一行を見つめていた。

王女やクレハはもちろんのこと、ツバキたちも、誰もが驚くほどの美少女だからである。

セレスティア王女は、侍女たちを見目の美しさで選んでいるわけではない。

だが、美しさや可憐《かれん》さが、時には武器になることも重々承知していた。

案内された応接室で待っていると、ほどなくして領主がやってきた。

領主である男も、王女たちを見て、一瞬目を見張る。

執事から話は聞いていただろうが、予想以上の美しさに驚いたようだった。

王女が長椅子《ながいす》から優雅に立ち上がると、領主の男が笑みを浮かべて口を開いた。

「ようこそおいでくださいました。私がドルイド自治領、王国側領主のゼップ・フォン・グラッセ子爵です。姫様にお目に掛かれたこと大変嬉しく思います」

王女は頷くと、やや複雑な動きで返礼して見せる。異国の挨拶《あいさつ》という設定だった。

「ゼップ子爵様、こちらこそ光栄に存じます。私はレスティと申します。あくまでも私的な訪問ですので、家名の方はどうぞご寛恕《かんじょ》くださいませ」

領主のゼップが頷き、王女に座るよう促すと自分も腰を下ろした。

「もちろんでございます。では姫様のことはレスティ様とお呼びすればよいですか？」

「ええ、そのように。……それにしても、とても気持ちの良いお屋敷ですわね。建築様式も南部特有のものなのかしら？　調度も素晴らしいわ」

屋敷を褒《ほ》められ、ゼップ子爵は相好を崩す。

「ありがとうございます。レスティ様の邸宅に比べればみすぼらしい屋敷でしょうが、私も大いに気に入っております。この建築様式は他国から伝えられたもので――」

ゼップ子爵は興が乗ったのか、屋敷の説明をし始めた。

王女はにこやかに頷きながら、屋敷の建築費や維持費、調度の調達費用、侍女や使用人の数とその人件費などをざっと計算し、自治領の税収から推測される領主の報酬額と比較していた。騎士団が常駐しているなら、その経費も半分ほどは負担しているはずだ。

それらを考え合わせれば、明らかに分不相応な屋敷である。

街の様子を見てみないと判断できないが、何らかの形で民から搾取しない限り、賄える額ではない。もし、民たちに負担を強《し》いていないのなら——

王女はすうと目を細める。

彼が副業をしている可能性は高いわね……

それなら油断を誘うためにも、馬鹿《ばか》な娘の振りをしておきましょう。

ゼップ子爵の話が一段落したところで、王女は口を開いた。

「私もこんな別邸が一つ欲しいわ。お父様に言って、建ててもらおうかしら？　ねえ、どう思う？」

王女が振り返って尋ねると、後ろに立っていたクレハが控えめに答える。

「姫様。別邸などと言っては、子爵様に失礼ではありませんか？」

ハッと王女は気づいたような表情をして、領主に謝った。

「私ったら失礼なことを！　今の発言を謝罪いたします。どうかお許しくださいませ」

ゼップ子爵は顔をひくつかせながらも、首を振る。

「いえいえ。やはりレスティ様くらいになると、この屋敷も別邸ほどのものなのでしょうな」

王女は少し慌《あわ》てた振りをして、口を開いた。

「そ、そうだわ。子爵様に贈り物を持参いたしましたの。お持ちして」

「かしこまりました」

クレハが応接室を出ると、すぐにワゴンを押して戻ってきた。廊下にツバキたちを待機させておいたのである。

王女はいくつかの品物をテーブルに置かせた。

「これは奥様に。このお酒は子爵様へ。侍女や使用人の方々にも、ちょっとしたプレゼントをご用意しましたの。気に入ってもらえると嬉しいわ」

ゼップ子爵は贈り物を見て、目の色を変えた。

高価そうなブローチや、異国の珍しい酒、使用人へのプレゼントだと言う髪留めや髪飾りさえ、とても見事なものだったからである。

これらの品の多くは、新興貴族たちが、セレスティア王女に会見を申し込んだ際に置いていったものである。王女は利用できるものは残らず利用する質《たち》なのだ。

子爵が笑顔で答える。

「これは見事なものを頂きまして。お心遣《こころづか》い、感謝いたします。使用人たちも喜ぶでしょう。

――おい、これを皆に配ってやれ。レスティ様から下賜《かし》された品だと伝えるのを忘れずにな」

執事が品物を預かり、恭しく退室していく。

王女は微笑《ほほえ》みを浮かべながら、考えを巡らせた。

さすがに使用人に下賜した品をこっそり横領するような馬鹿ではなかったわね……

そこまで愚かだったら、すぐに正体を明かしてもいいくらいだわ。

王女の言動はすべて計算ずくであり、無数の罠《わな》が張り巡らされているのだ。

さて……私が、お金を持っているだけのただの馬鹿娘だと伝わったかしら……？

それじゃ、少しずつ話題を誘導していきましょう。

「そういえば、この領地では薬草酒が特産だそうですね。どういったお酒ですの？」

ゼップ子爵は嬉しそうに答えた。

「レスティ様が我が領の名産を知っておいでとは嬉しい限りです！　薬草酒の名はパナケーアと申しまして、酒精の強い酒に、種々の薬草を漬け込んだ滋養に富む健康酒でございます。山野で採れた新鮮な薬草を使っており、様々な症状に効果があるのです」

王女はその命名に素直に感心する。

ドルイド自治領産の薬草酒に、万能薬であるパナケアと似た名前をつければ、多くの貴族の耳目を引けるだろう。

だが、王女は内心首をひねった。

今のところ、ゼップ子爵がそこまで商才のある人物とも思えない。誰か参謀役が裏にいるかもしれないと王女は推測した。

「素晴らしい名前のお酒ですのね。万能薬パナケアの噂《うわさ》は私の国にも伝わっていますのよ？　お酒の命名はゼップ子爵様が？」

ゼップは一瞬の間を置いて答える。

「ええ、僭越《せんえつ》ながら私の発案でございます。大変ご好評いただいており、現在、生産が間に合わない状態でして」

「まあすごい！」

――嘘《うそ》ね。

王女はすぐに見抜いた。

裏に誰かいる。でも、それほど優秀な人が裏にいるなら、麻薬騒ぎなど起こすはずがない。その人物はすでに手を引いたか、ゼップ子爵を見限った可能性があった。

王女が口を開く。

「私もぜひ飲んでみたいわ。でも品薄なら買い付けることはできないのでしょうね……。国に送りたかったのですけれど」

子爵は困ったような顔でうーんと唸《うな》ると、ぽんと膝《ひざ》を叩《たた》いて顔を上げた。

「他《ほか》ならぬレスティ様のご要望です。なんとか融通いたしましょう。数日後に夜会を開く予定でして、そのために用意した分をお分けできると思います。……ただ、その分、多少割高になってしまうのですが……」

……安い演技だわ。

王女は内心うんざりしながらも、喜びの声を上げる。

「もちろん言い値で構いませんわ！　後で侍女を寄越しますので、契約はその時に」

そこで、クレハが口を挟んだ。

「姫様……今、この国では薬草の値が高騰していると聞き及んでおります。民に渡るべき貴重な薬草を嗜好品として我が国に融通してもらうのは、いささか非常識かと存じますが」

その指摘には、ゼップ子爵も言葉を詰まらせた。

それはそうだろう。領主としての責務を果たしていないのではないか、と問われたのと同じだからである。

ここですぐに反応できるかどうかで、領主としての器が分かる。

王女がゼップ子爵を見て、首を傾《かし》げると、彼は慌てて言った。

「いえいえ。薬草酒は数年寝かせることで薬効が酒に溶け出します。ですから、今出回っている薬草酒に使われているのは数年前の薬草なのです」

王女がクレハを振り返って言う。

「だそうよ？　それなら問題ないわよね」

本当は問題はあった。

彼は、先ほど「現在、生産が間に合わない」と表現していた。つまり、今作っているのだ。今作っているのだから、使っている薬草も最近採れたものだろう。

説明が矛盾している。そのことに、王女もクレハも気づかないわけがなかった。

……そろそろ核心に迫ろうかしら。

雰囲気を変えるために、王女はぱんっと手を合わせる。

「そうそう。薬草と言えば、道中聞いたのですけれど……何か気分が良くなるお薬が出回っているとか――」

「姫様！」

クレハが遮《さえぎ》るように言った。

王女の出した話題を聞いて、ゼップ子爵が顔を強張《こわば》らせる。麻薬の話だからだ。

王女は唇を尖《とが》らせた。

「なによお、別にいいじゃない！　国ではそういった薬は医療用にも使われているのよ？　珍しくもなんともないわ。ちょっとくらい試してもいいでしょう？」

クレハが子爵の顔を見て、深々と頭を下げた。

「ゼップ子爵様、姫様の失礼な発言をお許しください。姫様は少々……奔放な性格で、溢《あふ》れる好奇心を抑えられないのです」

「ぶーぶー」

王女がふくれっ面《つら》を見せると、子爵が苦々しい顔で口を開く。

「……その噂には私どもも困っているのですよ。我が領から麻薬が流出しているなどと……きっと、ドルイド自治領の発展を妬《ねた》んだ何者かが流した噂でしょう。無論、事実無根です」

王女が面白《おもしろ》そうに言った。

「それじゃあ、その件は民族側の代表にも聞いてみましょう！　どこに住んでいらっしゃるの？　紹介状を書いてくださらない？」

「姫様！　子爵様を困らせるのはおやめください！」

ゼップ子爵は汗を拭《ぬぐ》いながら、首を振る。

「い、いいえ。実は今、族長は御山に籠《こ》もっておりまして。おそらく二週間ほどは街に下りてこないと思われます。彼らにはいろいろとしきたりがあるのですよ。ですので残念ですが、紹介はご容赦《ようしゃ》ください」

王女はやや不満げな表情で頷いた。

「そう。それなら仕方がないわね。その件は諦《あきら》めます」

それから二、三、事務的な話をして、王女とクレハは退室した。

廊下にはツバキとカエデが待機していた。部屋にはモミジが残ったのだろう。

予定では一週間ほど、この屋敷に滞在することになっていた。

王女とクレハが廊下を歩き始めると、ツバキたちが音もなく付いてくる。

充分、応接室から離れると、クレハが静かに口を開いた。

「それで……ティア様のお見立ては？」

王女はすぐに答える。

「お粗末ね。三流貴族よ。裏に誰かいるかもしれないけれど、今回はその人物を追っている時間はないわ。ドルイドの代表にも会えるといいのだけれど……難しそうね。領主が言うしきたりとやらも本当かどうか疑わしいわ」

クレハが頷き、尋ねた。

「あちらはどう動くと思われますか？」

「監視を付けるでしょう。動き回ることを牽制《けんせい》するはずだわ。だって、レスティ姫君は妙なことに首を突っ込みそうでしょう？」

クレハが思い出したように小さく笑う。

「ティア様が見事にお馬鹿な姫君を演じられるので、笑いを堪《こら》えるのに必死でしたよ？」

「あら、クレハも大したものだったわ。たしなめ方が堂に入っていたもの」

クレハが険しい表情を作って言った。

「姫様！」

「ぶーぶー」

王女が可愛《かわい》いふくれっ面をしてみせると、二人は噴き出し、笑い合いながら腕を組んだ。

与えられた部屋に着くと、王女はさっそく皆を集める。

ツバキが手短に報告した。

「部屋に盗聴などの仕掛けはありませんでした。お預かりした魔力検知の魔道具でも調べましたが、魔法による監視もないようです」

「ありがとう、ツバキ。――さあ、まずは現状を把握しましょう。ツバキたちは、無理をしない程度に屋敷内と周辺の様子を観察しておいて。私とクレハは街の様子を見るついでにリオンと連絡を取るわ。夕食前までに戻って、結果を報告し合いましょう。リオンが合流するなら、部屋は別に用意してもらうから」

用意された部屋は賓客用の続き部屋で、隣はツバキたち三人が使うことになっていた。

ツバキたちが顔を見合わせ、残念そうな顔をする。

「……なに？　なにかあるの？」

王女が問うのに、カエデが答えた。

「えー、ボクたちは別に、ある……リオンさ……んと一緒でも良かったなあと思いまして」

ツバキとモミジがうんうんと頷くのに、王女は呆《あき》れた顔で言う。

「嫁入り前の娘の部屋に男性を入れられるわけがないでしょう？　ツバキたちにはもっと女性としての自覚を持ってほしいわ。クレハも注意してあげて」

「申し訳ありません。以後、気をつけさせます」

クレハはじろりとツバキたちを睨《にら》んだ。

王女は後のことをツバキたちに任せると、クレハと共に部屋を出る。

廊下には執事服姿の男性が立っていた。領主が付けた世話係だろう。

「ちょっと街を見に行ってきますわ。夕食前には戻ります」

「承知いたしました。行ってらっしゃいませ」

執事に見送られて屋敷を出ると、門扉の向こうに男が立っていた。

長身のその男は、二人を見てひゅうと小さく口笛を吹き、声を掛けてきた。

「お二人が今日いらっしゃった異国の姫君方ですね？　私はこの地に駐留している騎士団の団長でヤコブと申します。ゼップ子爵からお二人を警護するよう仰《おお》せつかっております。街に出られるならお供させていただきますよ」

そう慇懃《いんぎん》に言うと、その男、ヤコブ団長は王女たちに上から下まで視線を走らせた。

二人とも指折りの美女だからである。

女の扱いに慣れているのか、ヤコブ団長は始終笑みを浮かべ、丁寧ながらも気さくな雰囲気を漂わせていた。

クレハが油断なく、王女の前にすっと立つ。

やはり監視を付けてきたわね……

王女は一つ息を吐くと、気軽な感じで言った。

「まあ、お気遣い感謝しますわ。よろしくお願いしますね、ヤコブ団長」

「ええ、喜んで」

団長が笑うと、不自然なほど白い歯が覗《のぞ》いた。おそらく何か薬を使って歯を漂白しているのだろう。中央の貴族たちの間で流行《はや》っている美容術の一つだった。

クレハが不快感を顕《あら》わにして眉をひそめる。

「じゃあ、行きましょう」

団長の存在に生理的な嫌悪感を覚えながらも、王女は屈託《くったく》のない笑みを浮かべ、街に向かった。

＊　＊　＊

「じゃあ、私が領主、カエデは屋敷、モミジは駐留所ね」

ツバキが言うと、カエデがニヤニヤしながら口を開いた。

「誰が一番、主様に褒められるか競争ねー！　恨《うら》みっこなしだから！」

モミジがじとっとした目でカエデを見る。

「モミジが一番褒められる……間違いない……」

ツバキが余裕な顔で言った。

「何を言っているの？　担当が領主という時点で私に決まっているでしょう？　一番重要な情

報源なんだから」

ツバキの言葉を聞いても、二人は譲らなかった。

「屋敷の情報の方が大事じゃないかなー?」『戦力の把握は超大切……主様ならそう言う」

ツバキが呆れた顔で頷く。

「はいはい、分かりました。それじゃ調査を始めましょう。脅威があれば一人で対処すること。それくらいできなければ、主様に仕える資格がないわ」

二人が力強く頷いた。

セレスティア王女の指示はあくまでも観察だったが、三人はリオンから「目的のためにすべきことをしろ」と命令を受けていた。

リオンは細かいことは指示せず、自分の判断で動けと命じたのだ。

それは主からの信頼の証《あかし》だと、彼女たちは考えている。

その信頼に、全身全霊で応《こた》えたい。

三人は、主の役に立てる喜びに震えながら、さっそく行動を開始した。

廊下の若い執事を出し抜くことなど造作もない。

物音を立てて彼の気を逸《そ》らすと、三人は素早く部屋を出た。

ほどなくしてツバキは領主の執務室を見つけた。裏庭に面した二階の奥である。

ゼップ子爵は独特な匂《にお》いのする整髪料を付けており、鼻の良いツバキなら目を瞑《つむ》っても追跡できた。

廊下の角から覗くと、扉の前に衛兵が立っている。

部屋の位置関係を覚えると、ツバキはすぐに一階に下りて裏庭に向かった。使用人に気づかれないよう大きめの庭木に近づき、素早く登る。窓から領主の部屋を覗くことができた。

ゼップ子爵は筆頭執事と何か話をしている最中だった。

さすがに声までは聞こえないが、ツバキは唇を読むことができる。

彼女は二人の唇の動きに集中した。

『……あの小娘は街に出たか……監視は付けたんだろうな？』

『はい。ヤコブ団長を行かせました。あまりあちこち嗅《か》ぎ回らせないよう言ってあります』

『うむ。あの娘、金づるかもしれんが、視察の前に面倒ごとを起こされては敵《かな》わんからな……。ところで、セレスティア殿下はいつ視察に来られる？』

執事がすぐに答える。

『一ヶ月ほど先でございます。すでに各所に痕跡を残さぬよう申し伝えてあります』

子爵は苦々しい表情をした。

『痕跡などと言うな。私は殿下のお心を煩《わずら》わせないよう配慮しているにすぎん』

『失礼いたしました』

そこへ扉がノックされ、騎士団の伝令らしき若い兵が入ってきた。

急いで走ってきたのか、肩で息をしている。伝令は荒い息をなんとか整えると報告した。

『森の奥で聖域らしき場所を発見しました！　その中心に聖木がある模様です。斥候《せっこう》を送って探った後、小隊で突入するとのことです！』

ゼップ子爵が喜色を浮かべて立ち上がった。

『そうか、見つけたか！　くく……あのアインとかいう男の情報は正しかったな。これでパナケアを入手できる！　……族長め、最初から素直に聖域の場所を教えればいいものを！』

ツバキはそこまでの会話を聞いて、おそらく、ゼップ子爵は万能薬パナケアを独占するつもりなのだろうと推測する。

だが、ツバキはそこには踏み込まない。推測や判断はツバキの仕事ではないからだ。

……私の仕事は、正確な情報をできるだけ多く集めること。

私はそのためだけに全力を尽くせばいい。

彼女は自分の本分を知り、主の役に立つことだけを考えているのだ。

ツバキが執務室に目をやると、伝令の若者が任を解かれ、休むよう指示されているところだった。

彼女は一瞬、考える。

そうね……少し事情を聞かせてもらいましょう。

ツバキは庭木から音もなく飛び降りると、屋敷内に急ぐ。先回りして廊下の角に隠れると、タイミングを見計らって飛び出した。

「きゃ！」「え⁉」

伝令の若者にぶつかったツバキは、小さな悲鳴を上げ、廊下に尻餅《しりもち》をつく。

若者は侍女とぶつかったことに気づくと、すぐに声を掛けてきた。

「ちょ、ちょっと君！　大丈夫？　――あ」

彼がツバキを見て息を呑《の》み、目を見開く。

それもそのはず、ツバキは誰もが振り返るほどの美少女なのだ。

スカートが少しだけ乱れ、美しい足がわずかに覗いている。

その姿に若者は釘付《くぎづ》けになった。

暗殺組織『哭蛇《こくじゃ》』の首領は正真正銘のクズだったが、人を見る目だけは確かだった。クレハも含め、これから美しく成長しそうな子どものみを厳選して育てていたのである。

「痛っ……」

ツバキが足をひねった振りをすると、若者が顔を真っ赤《まか》にして手を差し出した。

「た、立てる？　ひねったなら、あ、足を冷やした方がいいよ！」

彼女は若者の手を取ると、痛みに顔をしかめるようにしながら立ち上がる。

「ありがとうございます。後は大丈夫ですから」

「い、井戸まで送るよ！　屋敷の裏庭にあるんだ！」

ツバキは驚いたような表情を作ると、一つ息をつき、恥ずかしそうに微笑んだ。

「そう、ですか。じゃあ、お言葉に甘えて……井戸までお願いできますか？」

「は、はひっ！」

緊張した若者が震えながら答え、ツバキの手を取る。

彼は、ツバキの方をちらちら見ながら、硬い動きで歩を進めた。

彼女は足を庇《かば》うようにして歩きながら、考えを巡らせる。

……さて、この人はどれくらい事情を知っているでしょうか？

主様がご満足されるだけの情報を持っているといいのだけれど……

ツバキは主を思い、自然に切なそうな表情を浮かべる。

その愁いを帯びた表情に、伝令の若者は心を打ち抜かれていた。

しかし、そんなこととは露知らず、ツバキは主の姿を脳裏に思い描く。

……主様にお会いできなくて、ツバキは寂しいです……

その頃、カエデは屋敷の侍女とともに建物内を散策していた。
年若い侍女が、部屋や施設を紹介しながら案内してくれているのである
侍女が言った。

「カエデちゃんたちのこと、みんな噂してたよ？　なんか上級の使用人は贈り物まで頂いたんだって！　ねえねえ、あの人、お姫様なの？」

カエデは事もなげに答える。

「そうだよ。お綺麗《きれい》な方で驚いたでしょ？」

「そりゃあ、みんなびっくりだよ！　あんな綺麗な人、今まで見たことないもん！　あのお付きのすらっとした人も美人すぎて意味分かんないけどさあ、カエデちゃんたちもすっごく可愛いよね！　まるでお人形さんみたい！」

カエデは首を傾げながら言った。

「そうかな？　よく分かんないや」

カエデは、すでに何人かの侍女や衛兵、使用人たちとも仲良くなっていた。厨房では味見と称してつまみ食いまで許されたほどである。彼女には、その美しい外見を鼻に掛けるようなところがまるでなく、誰とでも気さくに話をするので周りの人たちとすぐに打ち解けてしまうのだ。

カエデには、相手の心を開かせる天性の才能がある。

それは諜報《ちょうほう》活動において、最も得がたい資質であった。

……ふむふむ……壁や床の厚みもだいぶ分かってきたかなー？

カエデは歩幅で距離を測りながら、屋敷の構造を頭に入れていく。

数々の出入り口、水を引く経路、資材や食材の搬入口、使用人だけが知っている通路――

彼女の頭の中には、すでに屋敷の立体像が構築され始めていた。

一階の奥を歩いている途中で、カエデはふと目を細める。

先ほど、ちらっと見せてもらった地下貯蔵庫の広さと、屋敷の奥行きが合わない。

おそらく、地下に別の区画があるのだ。

カエデはてくてくと歩いて距離を測りながら、地下の構造を思い描く。

厨房から地下に行けそうな階段が見えたっけ……

食材を持ってくるだけじゃなく、どっかに食事を運んでるのかなー？

地下室……じゃなくて、地下牢《ろう》かもね。

うん、何か隠してる。あ、そっか！　それを見つければ、きっと主様が褒めてくれる！

カエデはふわりと笑みを零《こぼ》した。

あーあ。ツバキもモミジもかわいそ～。

この勝負、ボクの勝ちだねー！

侍女がカエデの表情に釣られたように、笑みを浮かべて尋ねる。

「どうしたの、カエデちゃん？　すっごく嬉しそうな顔して」

カエデはきょとんとして口にした。

「え、そう？　主様のこと考えてたからかな……」

侍女は頷き、納得する。

「あーそういうこと？　カエデちゃんは、あのお姫様のことが大好きなんだね。だって、カエデちゃん、まるで恋してるみたいな顔してたよ？」

「………え？」

ぶわあっと一瞬で顔が熱くなり、カエデは慌てて手を振って否定した。

「ち、違う違う！　そんなんじゃなくてっ！　ボクはただ主様を尊敬してるだけで――」

侍女がニヤニヤしながら言う。

「そうなのお？　尊敬だけでそんなに顔赤くなる？　カエデちゃん、耳まで真っ赤だよ？」

「やめっ、ち、違うっ！　違うったら違うの！　もおおおー！」

カエデは赤く染まった顔を手で隠し、珍しく恥ずかしそうに身悶《みもだ》えした。


一方、モミジは騎士団の駐留所にいた。

モミジがぼんやりと教練場を見ていると、不審に思った大柄な騎士が声を掛けてきた。

「侍女がこんなところで何をしている？」

「……迷った」

モミジが振り返って見上げると、無骨な騎士が気圧《けお》されたようにわずかに息を呑む。

彼女が、王都でも見かけないような可憐な美少女だったからだ。

男は彼女の心細げな顔を見て、強烈な庇護欲《ひごよく》をかき立てられた。

「ああ、そうか……君は領主様のところに滞在している客の侍女だな？　よし、俺《おれ》が屋敷まで送っていってやろう」

男の申し出を聞いても、モミジはじっと教練場を見つめていた。

男は首を傾げると、モミジに尋ねる。

「もしかして、騎士団に興味があるのか？」

こくりと頷くモミジを見て、男は嬉しそうに相好を崩した。

若くてかっこいい騎士様に憧《あこが》れる女の子はいても、騎士団や教練場に興味のある子はほとんどいない。男はちょっと迷った後、恐る恐る彼女に提案した。

「あー、それなら……駐留所を案内してやろうか？」

「……うん」

モミジがこくんと頷くと、男はぱあっと笑みを浮かべた。

「そ、そうか！　じゃあ、俺に付いてきてくれ。あまり離れずにな。その辺に転がっている武器には触るなよ？　訓練用の刃を潰《つぶ》したものだけじゃなく、本物も含まれているからな」

「分かった」

男がモミジを連れて場内を案内していくと、行く先々の兵たちが驚きに目を見開いた。

その少女があまりにも儚《はかな》げで可憐だったからである。

汗臭い駐留所にはまったくそぐわない美少女の姿を見て、男たちがぞろぞろと集まってきた。次第にモミジたち一行は、騎士団総出の大集団になってしまった。

中庭のような広めの場所に出ると、男はモミジに説明した。

「ここは訓練場。主に個人技能を磨く場所だな。表の教練場はどちらかというと集団行動の訓練に使われているんだ。壁際《かべぎわ》に上半身だけの人形が見えるだろう？　あれは訓練用の的だ。剣や弓の練習の他、攻撃魔法の的に使われることもある」

的は全部で五つ備え付けられていたが、そのうちの一つが無残に切り刻まれていた。太刀筋《たちすじ》から見て一人の人物がやったものだろう。かなりの腕前である。

モミジが尋ねた。

「あれは……誰がやった？」

男が的に目をやると、複雑な表情で答える。

「ああ、ヤコブ団長だ。今は何か別の任務で外出しているらしい。団長は中央の騎士団を任されてもおかしくないくらいの実力者なんだが……性格がちょっとな……。とにかく、お強い方なのは間違いない。南部ではかなり知られた方だよ」

他の兵たちも話に割り込んできた。

「団長は剣技もすごいが、なんたって珍しい〈加護〉持ちだからな！」

「おうとも。団長は勇者様と同じ系統の〈防ぎの加護〉を持ってるんだぜ？」

「そこで付いたあだ名が〈鉄壁〉ってわけよ！」

〈加護〉――生まれながらにして持っている特殊能力のことである。特定の攻撃を減じたり、ある状況下で発動するものが多い。

〈防ぎの加護〉は物理攻撃に対して自動で障壁を張り、威力を減衰させる加護である。

男が、やや表情を曇らせて付け加えた。

「勇者様が持っているのは〈護りの加護〉だから性能はだいぶ違うだろう？　……だが、確かにあの〈加護〉のおかげで団長は怪我《けが》をすることがほとんどない。無茶ができるのもそのせいだろうな……。〈鉄壁〉の異名は伊達《だて》じゃない」

どうやらこの親切な男は、あまり団長が好きではないらしい。

モミジは頷き、珍しくわずかに目を細めた。

……加護持ちのヤコブ団長……要注意人物……

場内をあらたか回ったところで、モミジは騎士たち全員がここにいないことに気づいた。

地面についた足跡、洗濯物の量、訓練用の武器の数を見れば、騎士団の規模が分かる。

おそらく一個小隊ほどの人員が欠けているのだ。

「みんなは……お留守番？」

モミジが尋ねると、男は驚いて答えた。

「よく分かったな。今、小隊が出払っているんだ」

モミジに良いところを見せようと、他の男たちがこぞって口を開いた。

「実は山の中に聖域って場所があってさ！」

「俺たちは領主様の命令で、聖域の調査をしているんだぜ？」

「聖域には馬鹿でかい木があるって噂でよお！　聖木っていってな」

「その聖木を探すのが小隊の任務ってわけよ！」

モミジはこくこくと頷きながら、得られた情報を頭の中でまとめる。

……小隊は現在、山中の聖域を探索中。騎士団の規模は把握した。兵の練度は中の下。この人たちだけなら、モミジたち三人で制圧が可能。ヤコブ団長は未知数。注意が必要……

彼女はそこまで考えを進めると、ふんすっと満足げに鼻から息を吐いた。

この情報でモミジの勝利は確定……主様はモミジを褒める……

……主様……

その光景を想像したのか、モミジは花が綻《ほころ》ぶような笑みを浮かべた。

モミジが初めて見せた眩《まぶ》しい笑顔に、男たちが一斉に息を呑む。

男所帯の団員たちにとって、その笑顔にはとてつもない破壊力があった。

そして――

「け、けっ、結婚してくれええ！」『惚《ほ》れたあああっ！』『付き合ってください！』

「『『お願いしますっ！』』」

大勢が思いの丈を叫び、膝をつき、手を差し出し、全身で求愛した。

モミジはそんな騎士たちをゆっくり見回すと、静かに首を振る。

「……ごめんなさい……モミジは主様のものだから……」

その潔い言葉と幸せそうな表情に、男たちが静まりかえった。

「……ではごきげんよう……」

スカートを摘まんでお辞儀をすると、モミジは先ほどの男とともに駐留所を後にする。

その後しばらく、教練場には、おいおい泣く声や悲嘆《ひたん》の叫びが響き渡った。

＊　＊　＊

とても活気に溢れた街ね……民たちが重税に苦しんでいる様子も見えない。

セレスティア王女は中心街を見て回りながら、街の印象や民の様子を観察していた。

ドルイド自治領は、南を広大な荒れ地で閉ざされた、どん詰まりの領地である。隣の領までも遠く、商人が行商のついでに足を伸ばすような領地ではない。

商人が訪れるようになったのは、ドルイドが持つ豊かな土地が併合されてからである。

薬草や鉱物資源があることでこの地は一気に発展し、その成長は今後も続くと予想されていた。資源があるということは、領地にとってとてつもない強みなのだ。

でも……と王女は思う。

街にドルイドの姿がない。

山間部に住んでいるという話だが、街に一人もいないというのはどう考えてもおかしい。

領民の中には、ドルイドに偏見を持っている者も少なくなかった。

ドルイドたちの良くない噂を流し、偏見を増長している者がいるのではないか……

王女は、この街にうっすらと漂う悪意のようなものを感じていた。

クレハが宿を指差して口を開く。

「姫様、あそこが指定された宿です。姫様が入るにはいささか品位に欠けますが……」

「あれが宿なの？」

王女が驚いたような顔で声を上げた。

もちろんこれは演技である。王女やクレハは王都の貧困街にも出入りして、支援を続けているのだ。民たちの生活を嘲《あざけ》るような趣味は、この二人には断じてない。

そこへ、ヤコブ団長が賛同するように割り込んできた。

「確かにあれはひどいですね。私なら真っ先に候補から外す安宿ですよ。姫君の護衛が滞在しているのですか？　なんだってあんな汚いところに……」

王女は、道中しつこく尋ねてくるヤコブに事情を説明していた。

ヤコブ団長が続ける。

「ふむ……護衛の身分なら、平民に交じっていた方が気が楽なのかもしれませんね。まあ、庶民向けの狭苦しい宿も、姫君にとっては珍しくていいかもしれませんよ？」

クレハが射殺すような目で団長を睨んだが、団長は意に介さない。

王女は平静を装い、笑みを浮かべて頷いた。

「団長の言うとおりね。じゃあ入ってみましょう」

三人が宿に入ると、厨房から若い女性が顔を出した。

「あ、ちょっと待って。いま行きます！」

女性が手を拭《ふ》きながら受付に入ると、王女たちを見て、驚きの表情に変わった。

一行はどう見ても平民ではなかったからである。

「えっと、お泊まり……じゃないですよね？」

ヤコブ団長が口を挟むのを、クレハが不快そうに手で制す。

「当たり前だ！　こんなところに泊まるわけがないだろう!?　見て分からないのか！」

クレハが済まなそうな表情で尋ねた。

「お騒がせして申し訳ありません。この宿にレオという男性が泊まっているはずです。彼を呼んできてもらえませんか？」

リオンは、レオという偽名で泊まることになっていた。

女性は「ああ！」と声を上げ、棚から手紙を取り出す。

クレハに手渡しながら、続けた。

「彼なら朝早くに宿を出ましたよ。女性が訪ねてくるから、手紙を渡してほしいと言ってました。お二人のことですよね？　御貴族様だとは聞いてなかったんですけど……」

セレスティア王女の表情がわずかに曇る。実は、内心かなり不機嫌になった。

守るべき私を置いて、一体リオンは何をやっているの……？

宿の女性が王女をじっと見て、おずおずと口を開いた。

「あの……なんか、彼に似てるような……親族の方ですか？」

「え？」

王女は女性の言葉に驚き、思わず素の顔になってしまった。確かに王女はリオンと同じ黒髪のカツラをつけている。

王女は珍しくどう反応していいか分からず、黙り込んでしまった。

私とリオンが似ている？　そんなこと……

王女は微かに嬉しいような、でもショックなような、複雑な思いに駆られる。

ふと、考えてしまった。

そもそも、私はなぜ黒髪のカツラを選んだのだろう？　リオンが黒髪だから？　まさか……

まさか私は、リオンとの繋《つな》がりを感じたくて……

そこで、クレハが女性にぴしゃりと言った。

「もちろん親族などではありません。黒髪だからそう思えただけでしょう。さあ姫様、こちらがレオからの手紙です」

「え、ええ……」

王女は一つ息を吐くと、気を取り直して手紙を開く。

そうね。クレハの言うとおり、黒髪だからそう思っただけだわ。南部で黒髪は珍しいもの。

王女はさっと手紙の文面に目を通す。今度は、つい不機嫌さを顔に出してしまった。

手紙には『領地の本当の姿を探るため、裏で動いている組織に潜入しました。後ほど連絡いたします』と記されていた。

なにを……

自分でも抑えきれないほどの感情が溢れてきて、王女は思わず手紙を握りしめる。

なにをやっているの、リオンは！　裏の組織に潜入しろなんて誰も頼んでない！

勝手に危険な真似《まね》をして！　一体なにを考えているの⁉

だが感情のまま憤った王女は、一転して、戸惑うような表情になる。

それに、この手紙は……！

そこで王女の手から、突然、手紙が取り上げられた。

王女が顔を上げると、あろうことか、ヤコブ団長が手紙を取り上げたのだと分かった。

クレハがすかさず怒りの声を上げる。

「無礼者！　手紙を返しなさい！」

ヤコブは悪びれる様子もなく説明した。

「すみませんね。異国の方々のやり取りには、検閲の許可が領主から出ているんです。目を通させてもらいますよ」

ヤコブ団長が鋭い目つきで手紙に目を通すと、すぐに呆れた顔で手紙を返してきた。

「……なんです、これは？　領地に入ってからの報告と、郊外に足を伸ばすことしか書かれていないじゃないですか。それにこの最初の一文は何なんです？　意味が分かりません」

クレハが手紙を受け取り、ヤコブを睨みつける。

「無礼にも程があるぞ！　姫様に謝罪しなさい！」

ヤコブ団長は慇懃な態度で頭を下げた。

「姫君、申し訳ない。これも騎士団の任務なのです。どうかご理解いただきたい」

王女は静かに頷き、答える。

「ええ、あなたは職務に忠実なだけです。その行動を許しましょう」

「姫様！」

クレハが演技ではない怒りの表情で声を上げたが、王女は首を振り、クレハを制した。

それを見て興が乗ったのか、ヤコブ団長が楽しそうに続ける。

「それにしても姫君の護衛はのんびりしていますねえ。こんなことを言うのは失礼ですが、ちょっと怠慢じゃないですか？　まあ、主を放っておいて観光しているようでは……」

嘲るように言った。

「大した護衛ではないんでしょうがね」

「貴様ああっ！」

クレハが我慢の限界を超えて、ヤコブ団長に飛びかかろうとした時――

「クレハ」

王女が声を掛けて彼女を止めた。

その声は静かなものだったが、クレハは息を呑み、戦慄《せんりつ》する。

クレハが恐る恐る振り返ると、セレスティア王女は薄い笑みを浮かべながら――

閑《しず》かに、ひっそりと――激怒していた。

「ティ……姫、さま……」

クレハがその怒気に圧倒され、思わず後ずさりする。

彼女も、ここまで怒った王女を見たことがなかった。

その怒りの波動で、王女の周りの光景が歪《ゆが》んだようにさえ見えた。

さすがのヤコブ団長もひるんだが、その怒気はすぐに消え、数瞬後には元に戻っていた。

王女は長く息を吐くと、ヤコブ団長に微笑んで答える。

「本当に。うちの護衛は何をしているのだか……」

「ま、まあ……主を待たせるのは……よくありませんよね……」

ヤコブ団長はごくりと唾《つば》を飲み込むと、わずかに震えた声で言った。

王女は手紙に目を落とす。

その手紙は暗号で書かれていた。一見、ただの報告に見えるが、法則に従って単語を追うと、秘密の文章が現れるのである。ヤコブ団長にはそれが分からなかったのだ。

その暗号は、昔、兄と一緒に暗号遊びをした時に使ったものとよく似ていた。

王女は考える。

どうして同じような暗号を……？　暗号遊びのことをリオンに話しただろうか……

でもこれなら最初の一文で気づくから、リオンが一から考えたとしても不思議じゃない。

暗号のヒントは最初の文章に書かれており、注意深い者なら気づくように作られていた。

王女は小さいため息をつく。

駄目ね……リオンが来てから、なかなか冷静でいられない。良くない傾向だわ。

特にさっきのは良くなかった。

王女は、リオンを侮辱《ぶじょく》されたことに、自分でもどうしようもないほどの怒りを覚えてしまったのだ。

全身が爆発するかのような激情に翻弄《ほんろう》され、抑えるのに必死だったのである。

……落ち着いて……リオンが侮《あなど》られているのはかえって都合がいい。

この情報は、この男から領主にも伝えられるはず。

油断を誘うことができて良かったと考えるべきだわ。

まだ、団長に対する強い怒りが心に渦巻いていることを知りながら、王女は自分をなんとか納得させる。

頭を振って気を取り直すと、できるだけ軽い調子で言った。

「レオならまた報告してくるでしょう。次は市場を見てみたいわ！」

クレハがホッとした表情で頷く。

「そうですね。では参りましょう」

王女たちは宿の女性に礼を言うと、さっそく市場に向かう。

二人の後を、決まり悪そうな表情でヤコブ団長が付いてきた。

その後、市場では何事もなく、王女たちは夕食前には屋敷に戻ったのである。

＊＊＊

一方、リオンは、用心棒のアインや他の手下とともに森の中を進んでいた。

リオンは辺りを見回し、ふと懐《なつ》かしさを覚えて口元を緩める。

ここがドルイドの霊山……どこか魔境と似ている……

植生や雰囲気はかなり違うのに、霊山から受ける感覚は魔境のものとよく似ていた。

ドルイドが聖地としている霊山は、麓《ふもと》に広い森を擁する比較的なだらかな山である。ここより南は急峻な山脈が続き、その向こうには広大な荒れ地が広がっている。その荒れ地が隣国との実質的な国境となっていた。

植生が豊かで湧《わ》き水も多く、しかも魔物が少ない。

魔物が住み着いていないのは、この地に棲《す》まう地霊のおかげだと言われていた。

麓はかなり開発されており、管理小屋が建てられ、荷馬車が通れる道も整備されていた。

用心棒のアインは、懐《ふところ》や服の袖《そで》からナイフを取り出しては仕舞うという動作を繰り返している。その手並みは見事で、まるで手品のようだった。

リオンはその様子を見て、アインの実力を推察する。

……暗器遣いか……ナイフの腕前だけならクレハと同じくらいだが、総合的な実力で言えばクレハではまだ敵わない相手だ。それに奇妙な技を持っている。あの仕掛けが分からない限り、通常戦闘で圧勝するのは難しいかもしれないな……

一行が森を歩いていくと、そこかしこに人が立っていた。

アインの姿を見ると、パッと姿勢を正し、声を上げる。

「お疲れさまです！　こちら異常ありません！」

アインが鷹揚に答えた。

「おう、ご苦労。配給だ」

手下の一人が水やちょっとした食料を手渡すと、男は受け取り、また定位置に戻っていく。

その様子を見て、ドルイドの民たちが街にいない理由が分かった。

おそらく民たちは、アインたちに監視されているのだ。

森に点在している人員は見張り番なのだろう。ドルイドの集落を囲む形で配置されていると考えられた。

だが、見張りの数はそれほど多くなく、かいくぐるのは簡単なはずである。

それなのに街に下りてこないということは……

リオンは考えを巡らせる。

ドルイドの民は、アインたちに何か弱みを握られているということか……？

しばらく歩いた後、リオンはアインに話し掛けた。

「そろそろ、どこに向かっているのか教えてくれないか？」

アインは振り返るとにやけた顔で答える。

「ああ、すぐに分かる。じきに見えてくるころだ」

ほどなくして、木々の向こうの空に煙の筋が上がっているのが見えた。辺りに甘い匂いが漂い始める。その匂いにリオンは目を細めた。

酒精の匂い……薬草酒の工場か……？

リオンの予想どおり、少し開けた場所に、横に長い建物が立っていた。

……ん……

ふと、リオンは茂みの陰や森の奥に意識を向ける。数人の気配が潜んでいるのが分かったからだ。敵意を剝《む》き出しにしているが、脅威度はかなり低い。ほとんどが訓練を受けていない者たちだろう。

これは一悶着《ひともんちゃく》あるな……ひとまず様子を見るか……

リオンは彼らをそのまま放置して、アインの後ろを付いていく。

建物の外には薬草が広げて干してあり、何人かが作業をしていた。

その人たちの衣装を見て、リオンは、彼らがドルイドの民だと気づく。

そしてもう一点――彼らが皆、金属製の手枷《てかせ》を嵌《は》められていることにも気がついた。

リオンは苦々しい思いを呑み込む。

……強制労働か……！

ドルイドの民の中には、森の力を借り受けるドルイド魔術の使い手がいると聞いている。だが、ドルイド魔術は金属に弱いのだ。それを知った上で手枷を嵌めているのだろう。

アインがにやにやしながら、リオンを見ていた。

リオンは、表情を変えずに尋ねる。

「ここは？」

「ま、薬草の加工場だな。薬草酒の他にもちょっとしたもんを作ってる。他にもいくつもあるんだぜ？　すげーだろ！」

作業をしていたドルイドたちが、アインたちを見て複雑な表情を見せる。

その顔には、怒りと怯《おび》え、そして、ほんのわずかな希望が見て取れた。

ドルイドたちのそわそわした様子を見て、リオンはすぐに理解する。

なるほど……反抗の機会を窺っているということか……

だが、アインの実力を甘く見すぎている……悪手だな。

アインが声を上げた。

「おい、オレが来てるんだぞ！　さっさと出てこないか！」

いつもなら、すぐに出てくるはずの手下たちが姿を見せない。アインが、連れてきた手下たちに様子を見てくるよう命じると、彼らはさっそく建物内に入っていった。

そこで――

「ぎゃあ！」『な、なんだ⁉』『こいつら！』『うわあああっ！」

建物に入っていった手下たちが、悲鳴を上げて扉から転がり出てきた。

手下たちの背後から、ドルイドの民たちが農具を手に出てくる。

中には武器を持っている者もいた。建物内にいた手下から奪ったのだろう。

一際《ひときわ》、大柄なドルイド男性が声を上げた。

「みんな、掛かれいっ！」

「「「「おうっ！」」」」

背後の茂みや木々の陰から声が響き、ドルイドの男たちが現れた。

正面と背後からの挟み撃ちである。

アインの手下たちが動揺しつつも、武器を取り出して威嚇《いかく》した。

「て、てめえらっ！　こんなことしてタダで済むと思ってんのか⁉」

「かかってこいや！」『返り討ちにしてやんよ！」

辺りは騒然となり、そこかしこで手下とドルイドたちがぶつかり合う。

手下たちは傭兵《ようへい》崩れが多く、かなり戦えるが、いかんせんドルイドたちの方が数が多い。

次第に劣勢になり、手下たちは一人また一人と倒れていった。

だが、ドルイドたちは止めまでは刺さないようにしているようだった。憎い相手とは言え、霊山で殺生はしたくないのだろう。

加工場前で、ドルイドと手下たちの混戦が続く。

しばらく様子を窺っていたアインが、にたあっと笑うと一歩前に出た。

全身から殺気が迸《ほとばし》る。

アインが懐からナイフを取り出そうとしたそのとき――

「ぎゃ！」『う！」『ぐっ」『かはっ！」

ばたばたと、ドルイドたちが悶絶して倒れていった。

一瞬、不審な表情になったアインだったが、すぐに何が起こったのかを察したように舌打ちする。

リオンが、ドルイドたちを攻撃したのだ。

顎を打ち抜いて軽い脳震盪《のうしんとう》を起こさせ、一人ずつ確実に仕留めていく。

手下たちが目を見開き、驚きの声を上げた。

「す、すげえ……！」『今の攻撃、見えたか？』『どういう動きだよ……』

アインが戦闘に加われば、片っ端からドルイドたちを殺しかねない。リオンは人死にが出る前に、彼らを制圧することにしたのだ。

アインが面白くなさそうに、リオンを睨む。

あらかた倒し終わったところで、大柄なドルイド男性が声を上げた。

「貴様ら、聖域に入るつもりか！　パナケアはやらんと言っただろう！　彼の地は地霊様が眠る神聖なる場所、踏み荒らせば天罰が下るぞ！」

男が口の中で何かつぶやき、アインを指差す。

その途端、地面から植物の蔓《つる》が生えてきて、アインに襲い掛かった。

リオンは初めて見るドルイド魔術に目を見張る。

これがドルイドの魔術！　魔力の揺らぎをまるで感じなかった。

さすがは、森の力を借りる独自の魔術だ！

ドルイド魔術は発動に自分自身の魔力をほとんど使わない。そのため魔力の気配が漏《も》れず、不意打ちが可能なのだ。

リオンは、その見事な魔術を見て、この男性がドルイドの族長だと確信する。

つまり、彼こそが、この領地の共同統治者の一人なのだ。

アインを縛り付けようと、蔦《つた》が縦横から高速で迫る。

だが、確実に捕らえたと思った瞬間、アインはするりと蔦の包囲網を抜けていた。リオンとの戦闘でも見せた奇妙な回避技である。

族長は驚いたが、すかさず、今度は木の根でアインを絡《から》め取ろうとした。

だが、金属の枷の影響だろう、完璧《かんぺき》な魔術は行使できなかった。根の展開速度は遅く、アインは楽々と木の根を回避し、懐からナイフを取り出す。

アインの目が、今度こそ殺意に輝いた。

――まずい！

アインがナイフを投げる前に、リオンは族長の懐に飛び込むと――その巨体を鋭く投げた。

「大人しくしろ！」

地面に落とす寸前、衣服を引っ張り、着地を柔らかくする。

同時に足を踏み鳴らして大きな音を立てた。

これで強烈に投げられた印象を与えられただろう。

族長は突然投げられ、驚きのあまり動けずにいた。急に視界が反転すると、何が起こったか分からず茫然自失となるのだ。

アインが不満そうな顔で声を上げる。

「おい！　オレの邪魔ばかりするんじゃねーよ！　聖域は発見したから、もうこいつは生かしておかなくてもいいんだ。反抗してきたら殺していいって言われてるしな！」

リオンは肩をすくめて答えた。

「邪魔をしたなら済まない。こいつがうるさいんで、ついな。この男が族長なんだろう？」

族長は頭を振ると、体を起こし、アインを睨みつける。

彼はリオンにも目をやると、真意を問うような表情を浮かべた。先ほど手加減されたことが分かったのだろう。

リオンは無表情のまま、周囲を見回した。

リオンが戦闘に加わったことで、ほとんどのドルイドが気絶しただけで済んだが、手下たちには死傷者も出たようだった。

族長が声を上げる。

「聖域を発見しただと⁉　嘘を言うな！　よそ者がたどり着けるはずがない！　それに地霊様の怒りを買えば、もう二度とパナケアは採れないんだぞ！　それどころか、この地が滅ぶかも――」

族長の言葉を遮るように、アインが言った。

「はあ、うるさい奴《やつ》だな……。もういい。レオ、こいつを殺せ」

リオンは族長の前に立つと、剣を抜き放つ。

「ま、待て！　私の話を――！」

族長の声を無視して、リオンは躊躇《ちゅうちょ》なく二度剣を振るい、族長を斬った。

鮮血が飛び散り、族長がどうと倒れる。

意識を取り戻したドルイドたちが悲鳴を上げ、口々に声を上げた。

「きゃあああ！」『族長！』『なんてことを！』『この人殺し！」

リオンはドルイドたちの罵詈《ばり》雑言《ぞうごん》を意に介さず、剣の血を払うと納剣する。

アインが満面の笑みで言った。

「お！　やるねえ！　くく……レオ、お前とはいい酒が飲めそうだ！」

アインは馴《な》れ馴《な》れしくリオンと肩を組むと、加工場に入っていく。死体は手下たちが運び、近くに掘ってある穴に投げ入れた。

建物内にはドルイドの女性や子ども、老人たちが残されていた。

アインはドルイドたちに言う。

「お前らの族長はおっ死《ち》んだ！　反抗は無意味だと分かったろう？　男どもは貴重な労働力だ

からな、今回だけは殺さずにおいてやる！　だが分かってんだろうな？　お前らは人質がいるにもかかわらず反抗したんだ。人質の娘が――五体満足でいられると思うなよ？」

ドルイドたちが顔を歪め、肩を震わせる。中にはすすり泣きを零す者さえいた。

アインがさも愉快そうに笑う。

「ぎゃははは！　あの娘が惨《むご》い仕打ちを受けるのはお前らのせいだぞ！　族長も草葉の陰で悔しがってるだろうよ！　くははははっ！」

ひとしきり笑ったあと、アインはドルイドたちに作業に戻るよう命じた。

作業効率が悪くなるのでいつもは足枷を外しているが、反抗した罰として全員に足枷を嵌め、鎖で繋いだ。場内には、鎖が擦《こす》れるジャラジャラとした硬質な音が響き渡る。

「おう、レオ。こっちに来い。いいもん見せてやる」

アインは、上機嫌でリオンを奥の区画に案内した。

鼻から口まで布で覆うように指示され、リオンはその通りにする。アインが扉を開けると、室内は大鍋や樽《たる》、ガラスの瓶《びん》や管、何に使うか分からない魔道具など様々な物で溢れていた。

手下たちと何人かのドルイドたちが、薬草を処理しながら、黙々と作業を行っている。最終的に出来上がったものは、真っ白な粉末だった。

アインは完成品を見て、満足げに頷く。

その白い粉の正体は明らかだったが、リオンは念のためアインに尋ねた。

「それは？」

アインは肩を竦《すく》め、おどけたような表情で答える。

「ま、気分の良くなる薬だな。お貴族様ってのはいろいろ心労が絶えないだろ？　だから、この薬で気分を楽にして差し上げようって寸法だ。言ってみりゃ、救済活動？　みたいなもんだろーよ。もちろん金は取るがな！」

噂は本当だったか……

つまり、その粉は麻薬なのだ。

手下たちが麻薬を酒樽に詰めると、中蓋《なかぶた》のようなものをしてから液体を注《つ》いでいく。匂いからすると、その液体は薬草酒のようだ。つまり酒樽を二重底にし、下に麻薬を、上に酒を注いで偽装しているのである。

なるほど……薬草酒に偽装して輸出しているのか。

いざとなれば中蓋を外して、下の粉を溶かしてしまうこともできる……考えたな。

領内に麻薬患者らしき民は見られなかった。まずは貴族たちから取り込もうということだろう。だが、これから先、混ぜ物をした安価な麻薬を民たちにばらまく可能性もある。

リオンは考えを巡らせた。

王女であるティアが、証拠を集めて告発するのが最善だな……

ティアの手柄にもできるし、何より、ティアがこんな暴挙を許すはずがない。

そのためにできることは――

手下の一人がびくびくしながらアインに報告する。

「ほ、本日の出荷ですが、麓まで下ろすには人手が少々足りないかと。薬草酒の方も今週は領主館で夜会があるとのことで、いつもより数が多く……」

先ほどの戦いで手下たちに怪我人が出てしまい、運搬の人員が足りないのだ。

アインが不機嫌そうに舌打ちする。

「ったくよお。とりあえず麓まで運んで人員を確保するか……ああ面倒くせえ！」

そこでリオンは手伝いを申し出た。

「俺も手伝おう。麓まで運べばいいんだろう？　管理小屋にいた手下たちを使ってもいいのか？」

「レオ！　お前はほんと使える奴だなあ！　――ただし、だ」

アインは、リオンに顔を寄せ、目を細めて続ける。

「妙なことを考えるなよ？　ちょろまかしたり、横流ししやがったら、お前の首がボンッだ！　そういう契約だからな。分かってんだろう？」

アインが言っているのは契約魔法のことである。破れば相応の罰が下るのだ。

リオンは肩を竦めて答えた。

「もちろんだ。俺もまだ死にたくない。職務はきちんと果たすさ」

アインは、しばらくリオンを値踏みするように見つめると、パッと笑みを浮かべる。

「そーかそーか！　そりゃそうだよな。じゃあ、今回はレオが運搬作業を仕切ってくれ。終わったら手下たちを連れて戻ってこい。今夜は宴会だ！　オレはそれまでちびちびやってるからよお！」

「分かった。早めに作業を終わらせよう」

リオンは手下たちと協力して酒樽を運んだ。

麓で、薬草酒の酒樽と麻薬の入った偽装樽を分類し、送り先ごとにまとめさせる。そこから先は荷馬車の分担である。リオンはてきぱきと仕事を進め、夕方までにはすべての作業を終わらせ、加工場へと戻った。

戻った時にはアインはすでに出来上がっており、上機嫌で酒をあおっていた。

「今日は飲むぞ！　お前らもじゃんじゃん飲め！」

「ありがてえ！」『ごちになりやすっ』『こっち酒が足りないぞ！』

ドルイドの女たちが暗い目をして、手下たちに酒を注いで回る。

その日の宴会は深夜にまで及んだ。


皆が酔い潰れ、寝静まった頃――

リオンは音もなく起き上がり、気配を絶って森の奥へと急いだ。

……だいぶ、時間が経《た》ってしまった。急がなければ！

辺りに腐臭が漂い始めた。リオンが向かったのは、死体を投げ込むための穴である。

リオンは死体の山からすぐに族長を見つけた。死体だらけの穴の中で、唯一、命の気配があるからである。

族長を引き上げると、リオンは彼の背中側に回り、気合いを込めて活を入れた。

「げほっ、げほおっ！」

すると、族長は激しく咳《せ》き込みながら息を吹き返し、苦しそうに呻《うめ》いた。

リオンは族長を木の根元にもたれさせると、少しずつ水を飲ませる。族長はしばらくして落ち着きを取り戻し、口を開いた。

「私は、どうして生きて……？　それに君は……！」

リオンはすぐに説明する。

「ドルイドの族長ですね。自分はリオンと申します。あの時は、あなたを仮死状態にするしか方法がありませんでした。怪我を負わせてしまい、大変申し訳ありません」

リオンは頭を下げると、族長の手当をする。出血させるため、族長の体を薄く斬り付けたのだ。確実に斬ったと印象づけるため、出血はするが死なないぎりぎりの怪我を負わせたのである。リオンは一撃目で族長を仮死状態にし、二度目の斬撃で出血を演出したのだ。

リオンは手当をしながら、自分は組織に潜入して麻薬の調査をしているのだと説明した。

「そういうことだったのか……。君の意図は分かった。礼を言わねばなるまい。あのままなら私はあの男に殺されていただろうからね……。助けてくれてありがとう、リオン君」

リオンが首を振ると、族長は無理をして起き上がろうとする。

「だが、助かった以上こうしてはいられん！　すぐ聖域に、ううっ……！」

傷の痛みに顔をしかめ、族長は荒い息をついて木にもたれた。

「無茶をしないでください！」

リオンは族長をもう一度座らせる。

「まだ動ける状態ではありません。回復にはしばらく時間がかかります。その間に事情を聞かせていただけますか？　……まず伺いますが、アインが束《たば》ねている組織のボスは――領主のゼップ子爵で間違いないですか？」

族長は苦々しい表情で頷いた。

「その通りだ……！　あの男、娘を人質に取って私たちに麻薬製造を……そ、そうだ！　スーニアは⁉」

リオンは族長を落ち着かせるようにゆっくりと説明する。

「娘さんはスーニアさんというのですね。アインは今日起こった反抗の件を、まだ領主に報告していないようです。娘さんは無事でしょう。どこに捕らえられているか分かりますか？」

族長が辛《つら》そうな表情で涙を浮かべる。

それはそうだろう。今日の反抗は、娘を犠牲にして、民たちを解放するために起こしたものなのだ。その覚悟には並々ならぬものがあったはずである。

族長が言った。

「おそらく領主の屋敷だ。娘も金属製の枷を嵌められ、魔術を使えなくされているのだろう。娘は巫女《みこ》でな……私たちの中でも最もドルイド魔術に長《た》けている。枝の一本でもあれば自力で脱出できるんだが……」

枝か……クレハたちなら何とかできるだろう。

リオンは頷くと、気になったことを尋ねた。

「巫女ということは、神との交信ができるのですか？　たとえば、この地に棲まう地霊様のような存在と」

族長は意外そうな顔で言う。

「地霊様のことを知っているのか？　……そうだ、娘は地霊エスス様と交信することができる。私たちドルイドの民は、エスス様が棲まわれるこの地をお守りすることで、森や山の豊富な資源を使わせていただいているのだ。君なら万能薬パナケアのことも知っているのだろう？　パナケアもエスス様のもたらす大いなる恵みの一つだ」

なるほど……ガデス父さんが会った地霊はエススというのか。

リオンは続けて尋ねる。

「そのエスス様がいらっしゃるのが森の奥にある聖域ということですね？　聞いた話によるとエスス様は大変温厚な地霊様だとか……聖域に侵入しただけでお怒りになるのですか？」

族長が驚いた。

「君は博識だな」

「いえ。身内に歴史に詳しい者がいるんです」

まあ、エススと会った本人だけど……

その時、遠くの方から声が聞こえてきた。どうやら誰かが用を足しに出てきたらしい。

「……静かに。一旦《いったん》、ここから離れましょう。自分もそろそろ戻らないと怪しまれそうです」

リオンは素早く族長を立たせ、体を支えながら、その場を離れた。

族長が歩きながら、先ほどの問いに答える。

「確かにエスス様はお優しい地霊様だ。聖域に入っただけではお怒りにならないかもしれない。だが、かつて一度だけ、エスス様が暴れられたことがあると伝えられている。その時起こった大地震のせいで、この山はなだらかになり、南部山脈の半分以上が崩れたという話だ。エスス様が暴れられた理由は定かではない。ゆえに、私たちは聖域を守り、人を寄せ付けないようにしているのだ。何がエスス様を怒らせるか分からないのだからな……」

リオンは内心、首をひねる。

ガデスからは大地震については何も聞いてない。

その地震はガデス王の治世に起こったんじゃないのか……？

時間があれば墓所に連絡して確かめた方がいいかもしれない……

族長が隠れるのに丁度《ちょうど》いい木の虚《うろ》を見つけると、リオンはそこに族長を座らせた。

リオンは族長に念押しする。

「すぐにでも聖域に向かいたいでしょうが、それは娘さんを助ける算段がついてからです。むざむざドルイドの大切な巫女を見殺しにするわけにはいきません。それに、人質になっているなら、娘さんは今回の犯罪の重要な証人です。必ず助け出します」

族長は目に涙を溜《た》めながら頷いた。

「……分かった……娘を……スーニアを頼む……！」

リオンは族長を元気づけるように続ける。

「お任せください。領主の屋敷には仲間がいます。連絡を取れば、すぐに娘さんを探してくれるでしょう。明日の夜、領主が夜会を開くと聞いています。規模から見て、中央の貴族たちも呼ばれているはずです。その夜会が、犯罪を告発するのに最適な舞台だと、仲間たちなら判断するでしょう。明日の夜会が決着の時です」

頭の良いティアなら、きっとそのタイミングで動く――リオンはそう確信していた。

「明日はアインや手下たちも屋敷の警備に出向くそうです。自分は適当な時間に抜け出し、ここに戻ってきます。その後、二人で聖域に向かいましょう。それまではここに隠れ、体力を回復しておいてください。水と食料は置いていきます」

族長は固く頷き、リオンの目を見る。

「分かった。君の指示に全面的に従おう。ところで、リオン君。私は人を見る目にはかなり自信があってね……もしスーニアを見事に助け出してくれたなら——」

「ええ、なんです？」

族長はがしっとリオンの肩に手を置いて続ける。

「スーニアを嫁にやろう！　いや、ぜひもらってもらいたい！」

……あー、またややこしいことを……

リオンは喉《のど》の奥で唸ると、口を開いた。

「大変光栄なのですが……」

「私が言うのも何だが、とても良い娘なんだ！」

被せるように言ってくる族長の勢いに、リオンは曖昧《あいまい》に答える。

「そ、そうですか。えー……その話はまた後で」

「そうか！　娘もきっと喜ぶ！」

「いや、そういうことでは……。と、とにかく明日に備えてください。では自分は行きます」

族長はうんうんと、まるで息子を見るような目で頷いた。

「ああ、明日は頼む。ここでくじけるわけにはいかない。孫の顔も見たいしな！」

「お、おう……」

リオンはややこしいことになったと思いながらも、族長が元気を取り戻しただけ良しと考え、加工場へと戻った。

＊＊＊

領主の屋敷。翌日の朝――

朝食を済ませ、部屋に戻ったセレスティア王女は、クレハたちと今後について話し合っていた。昨日、ツバキたちが集めてきた情報はかなり役に立った。彼女たちは小耳に挟んだだけと言っていたが、そんな程度で集められる情報ではない。

王女は、おそらくツバキたちは諜報活動の訓練を受けて育ったのだろうと推測していた。

……ということは、クレハもきっと……

王女はクレハの横顔をちらりと見る。

クレハは頑《かたく》なにそういった話題を避けていた。王女を守る姿勢を見せることはあっても、積極的に戦うことはない。だが王女は、クレハの所作や意識の向け方に、訓練された者だけが持つ独特の雰囲気を感じ取っていた。

それは、普通に生きてきた人間が纏《まと》えるようなものでは決してない。

きっとクレハはものすごく強い。戦える人のはずだわ。

でも何か理由があって、私には言えないのね……

王女は気づかれないように一つ息をつく。

それでもいいわ。いつか言ってくれる日が来るのを気長に待ちましょう。

私のクレハへの信頼は、何があっても変わらないのだから。

そこで王女は、勝手に動いている専属護衛のことを思い浮かべた。

でも……リオンはクレハの事情をもう知っている気がする……

王女は内心、むっとする。

あの人は私の知らないことを何でも知っている……なんかずるいわ。

そう言えば……

王女はツバキたちが、妙に元気がないことにも気づいていた。

リオンが合流しないことを告げたとき、ツバキたちはこの世の終わりのような顔をして落胆していた。詳しい事情は分からないが、漏れ聞いたところでは、何かリオンに関係する勝負をしていたらしい。

リオンはツバキたちとも仲が良いのね……

意気消沈しているツバキたちを見ていると、王女は胸がざわつくのを感じた。

リオンがいないことに物足りなさを感じているのは王女も同じだったが、その感情をツバキたちは素直に表現している。王女はそんな彼女たちが、ほんの少しだけ羨《うらや》ましいのだ。

王族たる者、むやみに感情を顕わにしてはいけない。

弱みを見せれば付け込まれるからだ。

だから王女は、自分の感情に気づかない振りをして強がってみせる。

私は別にがっかりしているわけじゃない。リオンが勝手に動いていることが腹立たしいだけだわ……

そのとき、窓の方で小さな物音がした。

王女は、もしかしてリオンが帰ってきたのかと喜色を浮かべたが、窓の外にいる物体を見て声を上げた。

「ネ――ネズミ！」

クレハがすぐに窓辺に向かい、わずかに窓を開ける。ネズミの尻尾《しっぽ》にくくりつけられていた手紙を解くと、さっと目を通して王女に言った。

「ティア様、リオンさんからの連絡です」

「え？　ネズミで⁉」

クレハが説明する。

「ええ、連絡用に訓練されたネズミのようです。リオンさんが調達したものでしょうね」

無論、そのネズミはクレハたちが用意したものである。

クレハやツバキたちはネズミの他にも、犬や猫、鳥などを連絡用に訓練し、飼育していた。

もちろん、王女には内緒である。

王女は落ち着きを取り戻すと、クレハに尋ねた。

「そ、そう……。それで？　なんと言ってきたの？」

クレハは要点を報告していく。

ドルイドたちが麻薬の製造を強要されていること。

組織のボスは領主のゼップ子爵であること。

ドルイドの巫女が人質として屋敷に捕らわれていること。

麻薬は薬草酒に偽装して運ばれていること――

話を聞くうちに、王女の美しい顔がどんどん険しくなっていく。

民がより弱い民を虐げているなんて……！

王が貴族を、貴族が民を、そして民はさらに下級の民たちを圧迫し、押さえつける。

この構造を崩すのは難しいし、このような階層的な構造にも良い点はある。

でも……下の者を虐げるような一方的な上下関係は、決して許されない！

クレハも憤りの表情で続けた。

「ドルイドの巫女はスーニアという方だそうです。ドルイド魔術の遣い手で、枝さえあれば、自力で脱出できると書かれています」

王女が頷く。

「スーニアさんが捕らえられているのは、カエデの報告にあった地下牢でしょうね……なんとか彼女を助けましょう。方法は考えるけれど、実行は任せるわ。できる？」

クレハがすぐに答えた。

「もちろんです。ツバキたちにやらせましょう」

ツバキたちが目を輝かせて頷く。役目があるのが嬉しいのだ。

もちろん、役目を果たせば主に褒めてもらえるからである。

王女が考えながら口を開く。

「ツバキとモミジの報告によると、騎士団の小隊がドルイドの聖域を発見したということだったわね。ゼップ子爵は万能薬パナケアを独占したいのでしょう。リオンはどう動くと？」

クレハが答えた。

「はい。地霊が目覚める危険があるため、ドルイドの族長と聖域に向かうとのことです」

地霊か……そちらはリオンに任せた方がいいわね……

王女は考えを巡らせる。

今晩、領主主催の夜会がある。準備の様子から見て、有力諸侯が招かれているのは間違いない……証拠を揃《そろ》えてゼップ子爵の罪を暴露するにはうってつけの舞台だわ。

きっと、リオンもそう考えて動いているはず。

それは単なる推測にしかすぎなかったが、王女は確信に近いものを感じていた。

彼女には分かるのだ、リオンの考えが。

王女は、なんとなくリオンに誘導されているような気がして複雑な心境になったが、あえて彼の思惑に乗ることにする。

リオンの判断は、これまでも正しかったからである。

そこで王女はふっと密《ひそ》かな笑みを零した。

そういえばレオンハルト兄様もそういう人だった……私が良い方向に進むよう、それとなく導いてくれた。兄様がそうやって誘導してくれていたことに気づいたのは、随分後のことだったけれど……

王女は現実に意識を戻し、独り言のように言う。

「リオンは領主宛に薬草酒も送ったのね……ふふ、準備がいいこと。証拠は充分だわ」

王女は顔を上げると、皆を見回した。

ゆっくりと口を開く。

「ゼップ子爵は巫女を人質にして、ドルイドの民たちに麻薬製造を強制している。絶対に許されない犯罪行為だわ。私はゼップ子爵を告発し、陛下の裁定を仰《あお》ぐつもりです」

クレハたちが姿勢を正した。

セレスティア王女は毅然《きぜん》とした態度で皆に告げる。

「今夜、この屋敷で夜会が開催されます。そこで――決着をつけましょう！」
「「「承知いたしました」」」
皆が頭を下げると、さっそく準備のために動き始める。
王女は窓の外に目をやり、勝手だが、頼りになる専属護衛のことを思い浮かべた。
リオン――あなたはあなたのすべきことをしなさい。
私はここで王族としての責務を果たすわ。
そこで、王女はふと付け加える。
でも……帰ってきたら覚悟しなさい。私の側から離れた罰は受けてもらうから。
王女は珍しく意地悪そうな笑みを浮かべると、クレハとともに準備を始めた――
ドルイド自治領に、様々な思惑を秘めた貴族たちが続々と集まりつつあった。
街には人が溢れ、公然と、あるいは内密に様々な商談が行われる。
今日の夜会は、自治領始まって以来の盛大なものになるだろう。
決戦は今夜――
ゼップ子爵主催の夜会が、セレスティア王女の大舞台である。

第三章 ✕ 夜会と一騎打ち

Chapter 3

……どうしよう……エスス様が不機嫌になっている……

ドルイドの巫女《みこ》スーニアは、地霊が放つ不穏な気配を鋭敏に感じ取っていた。

地霊から御言葉をいただいたことはなかったが、大地から湧《わ》き上がってくる地霊の機嫌はすぐに分かる。彼女はドルイドの歴史の中でも非常に高い交信能力を持った巫女であった。

ここは領主の屋敷、地下牢《ろう》。

屋敷を訪問した際に捕まってから、もうかなりの期間が経《た》っていた。

監禁されてはいるものの、環境や待遇が悪いわけではない。食事も三度しっかり与えられ、衣服やベッドも清潔なものが用意されていた。何日かに一度は湯を使うこともできるし、ときには地下牢周辺を歩くことさえ許されていた。

つまり領主は、スーニアの利用価値を認め、できるだけ傷つけないよう配慮しているのだ。

おそらくゆくゆくは、地霊を制御することも企《たくら》んでいるのだろう。

……父様はどうしているだろう……集落のみんなは……？

ひどい目に遭っていないといいけど……

ベッドに腰掛けたスーニアは、金属の枷《かせ》を嵌《は》められた手足を見下ろす。

彼女なら、この状態でもドルイド魔術を使うことができた。

しかし、この地下牢には植物がない。植物がなければ、ドルイド魔術は使えないのだ。

植物と言っても、さすがに食事として提供された野菜を使うことはできない。

収穫されてから時間が経ったものや、加工されてしまった植物は使えないのである。

スーニアは牢の上部に空いている明かり取りの窓を見上げた。

エスス様がこんなに不機嫌になるなんて、何かあったに違いない。

そこで彼女は思い当たった。

もしかして、誰かが聖域に踏み込んだんじゃ……

その想像にスーニアは一気に青ざめた。

大変だわ……もし、エスス様がお怒りになったら、きっとこの地は滅びてしまう！

スーニアは唇を噛《か》み、焦《あせ》りを募らせる。

早くエスス様を鎮めなければ！　枝さえあればこんなところすぐ出られるのに！

そこへ、いつもの牢屋番が昼食を運んできた。

彼は固く耳栓をしており、スーニアの話を聞くことはない。

ドルイドの巫女は声で心を惑わすことができる――そんな根も葉もない嘘《うそ》を教えられているのだ。この地の民たちは、ドルイドの妙な噂《うわさ》ばかりを信じている。その噂も領主が流したものかもしれないとスーニアは疑っていた。

牢屋番は食膳を置くと、逃げるように去っていった。

スーニアは表情を曇らせ、俯《うつむ》く。

……エルデシア王国への支援協力は間違いだった……

親切な領主だと思っていたのに、あんなひどい人間だったなんて……！

こんなことになるのなら、私たちだけで御山を守ればよかったんだ！

そう憤ったスーニアだったが、聡《さと》い彼女にはそれが無理だということも分かっていた。

ドルイドの霊山は資源の宝庫であり、各国が手に入れようとするのは当然のことである。周辺諸国を牽制《けんせい》するには、大国であるエルデシアと手を結ぶしかなかったのだ。

昔は、ドルイドの御山に手を出す愚か者など、ただの一人もいなかったという。

霊山には地霊が眠っているからだ。

この地を穢《けが》せば地霊の怒りを買う――地霊エススの存在は、各国への強力な抑止力となって侵略を防いでいたのである。

だが、前回のエスス降臨からすでに千年以上が経ったいま、人々は地霊への畏怖の念を失い、ドルイドの資源を我が物にしようとしていた。

皆、忘れているのだ。地霊エススが降臨すれば、この地域一帯が壊滅するということを――

そんなことを考えて苦悩していると、スーニアのお腹《なか》が、くうと可愛《かわい》らしく鳴った。

彼女は思わず笑ってしまう。

悩んでいてもお腹は減るのね。のんきに食事を取っている場合じゃないけど、お腹が減っていたら、ろくに動くこともできないわ。

今はちゃんと食べて機会を窺おう。

幸い、運ばれてくる食事は器こそ質素だったが、使用人たちに与えられるものより、かなり豪華なものだった。

スーニアは、地霊と大地の恵みに感謝の祈りを捧げると、さっそくスープを口に運ぶ。

いつものスープも美味《おい》しかったが、今日のスープは格段に美味しく仕上がっている。おそらく、今晩のディナー用なのだろうとスーニアは思った。

……晩餐会《ばんさんかい》でもあるのかな？　今晩は貴族たちが屋敷に集まるのかもしれない。

ドルイドでありながら、王国式の教育も受けているスーニアはそう推測した。

その時、ふとスーニアの手が止まる。スープの中に妙なものが沈んでいたからだ。

「なにこれ？」

スプーンですくい上げた物を見て、スーニアの目が見開かれていく。

これは……！

スーニアは手が汚れることも構わず、渦巻き状になっているそれを急いで伸ばしていく。伸ばしても手のひらサイズにしかならなかったが、それは間違いなく、スーニアが喉《のど》から手が出るほど欲しがっていたものであった。

枝である。

しかも若木。切ってまだそれほど時間も経っていなかった。

スーニアは扉の方を振り返る。

さっきの牢屋番が？　……いえ、それは考えにくい。今まで話をしたこともないのに、いきなり協力するなんてあり得ない。

それなら誰が⁉

喜びつつも困惑する彼女は、スープの中にもう一つのものを見つけた。

それは折りたたまれた紙だった。開いてみると、中に文字が書いてある。

さっと目を通して、スーニアは驚きに息を呑《の》んだ。

紙に書いてあったのは、地下牢脱出の指示だったからである。

スーニアは紙とインクを確かめ、もう一度衝撃を受けた。珍しい耐水紙に、にじまない顔料インクを使って記された文章。こういった高価な物を用意できるのは、名のある大商人か、貴族階級の人間しかいない。

彼女は確信した。

誰か高位の人物が私を助けようとしている！

これが罠《わな》だとしたら凝りすぎている。スーニアはこの千載一遇の機会に賭《か》けることにした。

彼女は食膳を定位置に下げると、牢屋の奥に急ぐ。

口の中で大地への祈りを捧げると、手の中の枝がみるみるうちに育っていった。

並のドルイドではこうはいかない。スーニアは巫女であると同時に、ドルイド最高峰の魔術師なのだ。

枝はぐんぐんと伸びていき、ついに明かり取りの窓の位置までたどり着いた。スーニアは枝の先端を分裂させ、籠状《かごじょう》に形を作ると、明かり取りの窓にねじ込むようにする。

そのまま籠を広げていくと、めりめりと音を立てて金属の檻《おり》がねじれ、石組みが崩れていった。植物が成長する力は凄《すさ》まじく、ちょっとした金属や石組みなど容易《たやす》く破壊できるのだ。

窓を強引《ごういん》にこじ開け、人が通れるくらいまで広げたところで――

ん！　指示どおりね！

壊し広げた窓から枝が落ちてきた。

外で待機している協力者が、枝を補充してくれたのである。

地下牢はいくつもあり、屋敷の外側から見える明かり取りの窓も複数ある。窓を分かりやすくこじ開けたのは、スーニアが監禁されている地下牢の場所を教えるためでもあったのだ。

スーニアは枝を器用に操《あやつ》って立体物を作ると、準備を整え、次は自身の体を枝で持ち上げていく。

広げた窓に手を掛けると、すぐに何本もの手が伸びてきて、スーニアを引っ張り上げた。

彼女がなんとか窓から出ると、誰かがすぐに上着を掛けてくれた。

なぜなら、スーニアは下着姿だったからである。

確認のため、地下牢を見下ろすと、そこにはスーニアらしきものが寝そべっていた。

それは枝で作った人形に、服を着せた偽物である。彼女がまだ牢屋にいるよう偽装したのだ。

これでかなりの時間、スーニアが脱出したことには気づかれないだろう。

最後に壊し広げた窓を手近にあった枝で塞《ふさ》ぐと、スーニアはようやく息をつく。

振り返ると、三人の侍女が笑みを浮かべて、スーニアを見ていた。

彼女は思わず目を見張る。こんなに美しい少女たちを見たことがなかったからだ。

侍女の一人が進み出て、口を開いた。

「ドルイドの巫女、スーニア様ですね。事情はすべて存じ上げております。さあこちらへ。姫様がお待ちです」

「……姫、様？」

スーニアの警戒を解こうとするように、もう一人が気さくに声を掛けてきた。

「大丈夫だよー？　この脱出策も姫様が考えたものだからさー！」

もう一人も頷《うなず》いて続ける。

「……姫様は主様の主……心配ない……」

侍女たちは自然に話しながらも、全方位に目を配り、油断なく警戒していた。

森で育ったスーニアには、その警戒網の見事さがすぐに分かった。

三人で連携し、絶対に死角を作らないようにしているのである。

すごい……この子たち一体何者……？

最初に声を掛けた少女が、静かな声で続けた。

「さあ、お早く。衛兵に見つかる前に参りましょう」

「え、ええ……」

彼女は半信半疑ながら、ここまで完璧《かんぺき》な指示ができる『姫様』なる人物に会ってみたくなった。少なくとも、ひと言、お礼を言わせてもらいたい。

こうして巫女スーニアは、ほんの数分のうちに、あっけなく地下牢を脱出してしまったのである。

＊＊＊

その頃《ころ》、リオンは族長と共にドルイドの聖域に向かっていた。

用心棒のアインが昼になっても姿を見せないので、リオンは適当な言い訳を作り、加工場を抜け出したのである。

森はどんどん深くなり、次第に道は見えなくなった。

「族長、ここはさっきも通りましたよね？」

リオンが尋ねると、族長が驚きの表情で答える。

「よく分かったな。森の景色を見分けるのはドルイドでも難しいんだが……。いや、道はこれで合っている。聖域に入るには決まった道順があってね。順番に進まないと永久に入れないようになっているんだ」

なるほど……やはりな。

薄々気づいてはいたが、リオンは感心するように頷いた。

結界か……そこまで複雑なものではないようだが、一般の人間が聖域にたどり着くのは無理だろう。人を惑わすには充分な強度の結界だ。

しかし――

リオンは答えを推測しながら、控えめに尋ねる。

「ですが、アインは聖域を発見したと言っていましたよね？　つまり誰かが……」

族長は一つ息を吐くと、複雑な表情で答えた。

「ああ、ドルイドの誰かが道を教えたんだろう……。道順を知っている者はそれほど多くない。秘密を漏《も》らした者を探すこともできるが、私たちは全員、家族を人質に取られているようなものだ。脅されればやむなく従う者もいるだろう。それを責めることはできない……」

族長が俯きがちに続ける。

「そもそも、私がもっとしっかりしていれば、あのゼップという男の本性にも気づけたはずだ。民だけでなく、この地までも危険に晒《さら》してしまうとは……私は族長失格だな」

リオンは首を振った。

「そんなことはありません。族長は自ら反抗することで、民に勇気を示されました。とても立派な行いです。族長失格だなんて誰も思っていませんよ」

「リオン君……」

振り返った族長にリオンは続ける。

「それに王国には善良な貴族もたくさんいます。今夜、そのことが分かるでしょう。ドルイドの民はきっと救われます」

族長は不思議そうに尋ねた。

「君は、もしかして王国の貴族なのか？　リオン君の立ち居振る舞いを見れば、高度な教育を受けてきたことが分かる。私がいままで会ったどんな貴族よりも洗練された振る舞いに見えるが……」

リオンは首を振る。

「まさか。自分はただの平民です。ですが自分が仕えている主人は、紛れもなく高位の人物です。お会いになれば、すぐにお分かりになるでしょう」

「なるほど……リオン君の主人は上級貴族か。やはり君は貴族に連なる人間だったな……私の目は節穴ではなかったようだ」

そう言うと、族長は独り言のようにつぶやいた。

「ふむ……それなら、なおさら娘をやるにふさわしい……」

……まだその話題を引っ張るのか……

リオンは聞かなかったことにして、族長の後をついていく。

ほどなくして、族長が立ち止まった。リオンを振り返り、緊張した面持《おもも》ちで言う。

「リオン君、ここから先が聖域だ。入る際に目眩《めまい》がすることがあるが、すぐに治るので気にしなくていい。体を確認してくれ。地霊様は血の穢れを殊の外嫌うという言い伝えもある。どこか切ったりしていないか？」

リオンは驚いて聞き返した。

「え！　そうなのですか⁉　申し訳ありません……族長に切り傷を作ってしまいました。そういうことなら、もっとやり方を考えるべきでした……」

族長が首を振る。

「気に病むことはない。あのときはあの方法しかなかったのだ。それに、大地に血が流れなければいいという説もある。私の怪我《けが》はもうだいぶ回復したし、血が流れることはない。心配はいらないよ」

族長とリオンは頷き合うと、一歩踏み出した。すると——

「……これは……！」

リオンは思わず口にする。

今まで鬱蒼《うっそう》とした森の中だったのに、踏み出した途端、急に開けた場所に出た。うっすらと霧さえ立ちこめている、気づけば虫の音や鳥の声も聞こえなくなっていた。

山中であることが信じられないくらい、静かで、厳粛な空間——

ここがドルイドの聖域。地霊エススが眠るという霊山の深奥である。

族長が声を潜めて言った。

「ここでは私の言うことに従ってほしい。何が地霊様の機嫌を損ねるのか、私たちにも分からないんだ。慎重にいこう」

リオンは頷くと、族長の後に続いた。

大地から湧き上がってくる強い圧力を感じる。これが地霊の気配なのだろう。敵意というよりはむしろ困惑のような気配を感じた。

リオンは警戒を強める。

さすがに亜神と呼ばれるだけのことはある……すごい圧力だ。父さんたちの気配と近い。

おそらく、地霊エススは、王霊に匹敵《ひってき》するほどの力を持っているのだ。

リオンは聖域全体に感知の網を広げ、人の気配を探る。だが、その試みはうまくいかなかった。地霊の気配が強すぎて、小さな気配が摑《つか》みにくいのだ。

聖域に踏み込んだ者たちはどうなったんだ……？

リオンが気配を探っていると、族長が大きな木を指差す。

「あそこに木が見えるだろう？　あれが聖木。この聖域の中心だ」

あれがそうか……

聖木は巨大な樫の木だった。道中聞いた話では、聖木になる宿り木から採れるのが万能薬パナケアだという。

リオンは素早く考えを巡らせた。

領主が手勢に聖域を探させていたのは、パナケアを独占するためだろう。

ならば聖木まで行けば、なにか分かるはずだ。

俺《おれ》たちが踏み込んだ場所には、足跡や踏み荒らした形跡は見当たらなかった。

つまり、聖域に入る経路はいくつかあると考えられる。

まずは斥候《せっこう》部隊を送り込んだだろう。一小隊くらいの規模が妥当か……？

しかし、数十人が行動しているにしては不気味なほど静かだが……

族長とリオンは聖木が見える場所まで近づくと、念のため、側《そば》の茂みに隠れた。

耳を澄ましても、人の声や物音などはしてこない。その時、不意に風向きが変わってリオンたちは風下になった。その途端——

「う！」

族長が顔をしかめる。その顔には驚きとともに怒りの表情が浮かんでいた。

風に乗って漂ってくる濃厚な鉄の匂《にお》い──それは明らかに血の匂いである。

族長が思わず声を上げた。

「まさかこの地で争ったのか⁉　愚か者め！」

「自分が様子を見てきます！　族長はしばらくここにいてください！」

リオンは族長を手で制すと、姿勢を低くして茂みから飛び出した。気配は相変わらず読みにくいが、人がいる存在感は伝わってくる。

聖木の周りに人がいるのだ。

全貌《ぜんぼう》が見える場所まで一気に走ると、リオンは急停止し、目を疑った。

これは……！

聖木の周囲には──たくさんの死体が転がっていた。

おそらく騎士団の者たちだろう、彼らの死体からは大量の血が滴《したた》り、大地に大きな染《し》みを作っていた。

中には剣を抜いている者もいたが、騎士たちの大半は剣を抜く間もなく殺されたようだった。

しかも致命傷を与えられたあと、動脈を切られ、出血するよう細工されているのだ。

リオンはすぐに理解する。

地霊が血を嫌うことを伝承で知った者が、わざと聖木を血で穢している——

つまり、何者かが地霊エススを冒瀆《ぼうとく》し、目覚めさせようとしているのだ。

「ああ……聖木になんてことを！　早く死体を片付けなければ！」

族長が大声で叫びながら走ってくる。族長は居ても立ってもいられず、茂みから出て様子を窺っていたのである。

リオンはすかさず声を上げた。

「族長いけません！　これをやったのは——」

その途端、族長に向かって無数のナイフが飛んでいった。

くっ！

リオンは瞬間的に族長の側まで移動すると、剣を抜き放ち、すべてのナイフを叩《たた》き落とす。

硬質な音が響き渡り、族長が思わず尻餅《しりもち》をついた。

リオンは族長を庇《かば》うように立つと、聖木の方に向かって言った。

「出てこい。これをやったのはお前だろう？　——アイン」

聖木の陰からふらりと人影が姿を現す。

ナイフを手の中で器用に弄《もてあそ》ぶその男は、組織の用心棒アインだった。

族長が驚きの声を上げる。

「な！　この騎士たちはお前らの仲間じゃないのか⁉」

アインは顔をしかめると答えた。

「大きな声を出すなよ。こっちの方が驚いたぜ？　あんたがまだ生きてるとはな！」

そして、リオンの方を見て続ける。

「ま、レオならそのくらいの芸当はやってのけるか……つくづくとんでもねー奴《やつ》だぜ」

族長が焦った声で問うた。

「こんなことをして許されると思っているのか⁉　地霊様の怒りを買うぞ！　大地が血で穢される前にどうにかしないと大変なことになる！」

族長が聖木に向かおうとすると、その足元にナイフが突き刺さった。

アインが面白《おもしろ》そうに口を開く。

「行かせねーよ？　あんたはここで、地霊の怒りとやらがどんなもんか見てりゃいい」

リオンはすかさずアインに聞いた。

「アイン！　地霊を起こしてどうするつもりだ⁉」

アインは肩を竦《すく》めて答える。

「さあな……実験？」

その答えを聞いてリオンは確信した。

アインの背後に誰かいる。

アインはその人物の命令に従っているだけなのだ。

また、その人物は、領主すら陰で操っている可能性があるとリオンは感じた。

領主は、自分でも気づかぬうちに、その人物に誘導されているのではないか？　ドルイドの悪い噂を流させたのも、特産品を作らせて領地の繁栄を導いたのも、本当はその人物の発案かもしれない……

リオンは、この領地にうっすらと漂っている得体の知れない悪意に気づいていた。

きっとティアも同じようなことを感じているに違いない。

もしかして俺もティアも、その人物の掌《てのひら》の上で転がされているだけではないか……？

だとしたら、相当手強《てごわ》い相手だ。

ならば、今回の狙《ねら》いはなんだ？

地霊の力を確かめたいのか？　それとも別の目論見《もくろみ》がある？　……いずれにせよ、この地が壊滅しても構わないのだろう。

だからこそ『実験』なのだ。

リオンは唇を噛み締める。

この領地には今、傭兵《ようへい》や商人といった大勢の民が集まっている。それに、今夜の夜会には中央の貴族たちも招待されているはずだ。

この地で大地震が起これば、王国史上、類を見ないほどの大惨事になるだろう。

その人物の狙いが何であれ、そんな事態を引き起こすわけにはいかない。

ここでアインを止めるのが、俺の役目だ！

リオンが一歩踏み出すと、アインが思いついたように言った。

「あ、やっぱ気が変わったわ。族長、あんたにはここで死んでもらう。死体になって聖木を穢すのが、あんたにとって一番悔しいだろうからな！」

族長が怒りを顕《あら》わにする。

「この罰当たりめが！　地霊様はお前を絶対に赦《ゆる》さんぞ！」

アインは族長の言葉を聞き流すと、ニヤニヤしながらリオンを指差した。

「契約主たるアインが命ずる――」

アインがそう口にした途端、リオンの胸に黒い鎖が出現し、アインへと繋《つな》がった。

その鎖を見て、族長は目を見開き、声を上げる。

「け、契約魔法⁉　この外道が！」

族長ももちろん契約魔法については知っていた。互いの行動を縛り、破れば相応の罰が下る恐ろしい魔法である。犯罪組織の用心棒と結んだ契約など、一方的で理不尽なものであるのは間違いなかった。

族長が顔を歪《ゆが》め、リオンを見る。

リオンも族長に目をやった。

アインがさも楽しそうに続ける。

「さあレオ、族長を殺せ。今後こそ確実に首を落とすんだ。いいか？　これは命令だ！」

＊　＊　＊

領主ゼップ子爵の屋敷。夜――

屋敷ではすでに夜会が始まっていた。

まだ始まって間もなく、今も続々と馬車が到着しては、着飾った男女が会場へと入っていく。

ホールでは貴族たちが談笑し、飲み物のグラスを傾けていた。

ゼップ子爵は別室で、中央の有力貴族たちと会合を行っていた。

彼は、ドルイド自治領で採れる資源を有力な貴族たちに優先的に融通することで、領主としての地位を盤石なものにするとともに、中央への足掛かりを得ようとしていた。

……ふふ……私は一介の地方領主で納まる器ではない。

子爵位などでは足りん。王国中央でも権勢を振るうに相応《ふさわ》しい爵位を得なければな！

ゼップはさらに上の爵位を狙っていた。

ドルイド自治領をこれまで以上に発展させることができれば、その功績が認められる可能性は高い。その上で、中央の上級貴族たちからの推薦があれば、陞爵《しょうしゃく》の余地は充分にあった。

しかも、ゼップは切り札を手に入れつつある。

ドルイドの聖域を発見した今、万能薬パナケアが手に入るのも時間の問題だと彼は考えていた。

目の前に座っている伯爵夫妻に真摯《しんし》な態度で対応しながら、ゼップは内心、笑いが止まらなかった。

夫妻には病に倒れた娘がいる。二人は、娘の病気が治るなら、どんなことでもするとゼップに頭を下げた。万能薬パナケアを欲しがる貴族は山ほどいるのである。

ゼップは慌《あわ》てた振りをして言った。

「どうか頭をお上げください！　娘さんがご病気とはさぞお辛《つら》いことでしょう。私も伯爵様のためなら、この身を投げ打ってでもご要望にお応《こた》えしたく存じます」

二人は顔を見合わせ、喜色を浮かべる。

「で、ではの娘にパナケアを⁉」

ゼップはそこで苦しそうな表情を見せた。言い辛そうにしながら口を開く。

「ただ……パナケアをご所望の方は大変多く、中には辺境伯様もいらっしゃいます。私と致しましては、その方たちを無下にすることもできず……」

伯爵は喉の奥で唸《うな》った。

辺境伯は大きな権限を与えられた地方長官であり、伯爵よりも地位が上である。

伯爵は妻の手を握ると、意を決したように言った。

「私たちにはあの子がすべてだ。全財産を差し出しても構わない！　どうか、頼む！」

ゼップは目を固く閉じて唸ると、しばらくして口を開く。

「……分かりました。可能な限り伯爵様を優先いたしましょう。ですが、パナケアは入荷量が読めません。確約することはできませんが、それでもよろしいですか？」

「もちろんだとも！　ありがとう、ゼップ子爵！　この恩は絶対に忘れない！」

伯爵は、テーブルに手付け金を置くと、嬉《うれ》しそうに部屋を出ていった。

執事が扉を閉めると、ゼップはどさりと長椅子《ながいす》に体を預ける。

一つ長い息をつくと、執事が口を開いた。

「期待以上の成果でございますね。これなら中央の政界に打って出ることも容易いでしょう。お見事な采配です」

「くく……当然だ。私はこの辺境で終わるつもりはないからな！」

ゼップ子爵は、身内に病を患っている者がいる貴族に、優先的に招待状を出していた。

場合によっては万能薬パナケアを融通できるかもしれない——そう仄《ほの》めかして。

もちろん、パナケアが確保できるかどうかなど、ゼップにも分からない。

だが、嘘はついていないのだ。

彼は、可能性を言っているにすぎないからである。

「ふむ……この調子なら王家に取り入ることもできそうだ……。王族に病を患っている者はいなかったか？　子息や親戚でも構わん」

「早速調べさせましょう」

　執事が答えると、ゼップが思い出したように言う。

「一ヶ月後にはセレスティア殿下が視察に来るのだったな……。おい、殿下の周囲に病の者はいないのか？」

　執事はすぐに答えた。

「殿下の御母堂である王妃がご病気でしたが、すでに亡くなっております」

「ちっ。もう死んでるのか。生きていれば利用できたものを……」

　ゼップは吐き捨てるように言うと、一つ息をつく。

「まあいい。王女といってもたかが小娘一人、どうとでも騙《だま》せる。そうさな……セレスティア殿下は見目が良いから、何か利益を与えて、この領地の広告塔にでもなってもらうか」

「それは良いお考えかと存じます」

　その時、扉がノックされ、別の執事が入ってきた。

「旦那様、そろそろ定刻になります。皆様がお待ちです」

「分かった」

　ゼップ子爵は鷹揚《おうよう》に頷くと、のそりと立ち上がる。

　口元には抑えきれない笑みが浮かんでいた。なにせ、上級の貴族たちがこぞって彼に頭を下げるのだ。その気分の良いことといったら、比べるものがないほどである。

「くくく……そろそろ騎士団が聖域を占拠した頃だろう。パナケアが手に入るのも時間の問題だな！　――では行こう」

ゼップ子爵が部屋から出ていくのを、庭木の枝の上からじっと見ている者たちがいた。

王女付きの侍女見習い、ツバキ、カエデ、モミジの三人である。

彼女たちの目には激しい怒りが浮かび、一様に唇を噛み締めていた。

幹を持つ指に力が入り、体が憤怒で震えている。

感情を表に出さないよう訓練されている彼女たちであったが、ゼップ子爵の言動は、到底我慢できるものではなかった。

セレスティア王女を侮辱《ぶじょく》されたことにも憤りを覚えたが、その侮辱は周り回って、王女に仕える三人の主に向けられたものでもある。

それが許せない。絶対に許すわけにはいかない。

たとえ間接的であっても、主への侮辱を見過ごす三人ではなかった。

「ボク、ぶち切れていい？」

「……あいつ……ボコボコにする……」

カエデとモミジが言うのに、ツバキがたしなめた。

「冷静になりなさい。私たちが独断で動くと計画が台無しになるわ。でも……」

ツバキが幹を力いっぱい掴むと、バキリと表面が割れた。

怒りに震える声で言う。

「今度、誰かが主様を侮辱したら、そいつを――必ず八つ裂きにする！」

ツバキの宣告に、二人は深く頷き同意した。

三人は激しい怒りを抱えたまま、音もなく庭に飛び降りる。

一度ゼップの部屋を睨《にら》みつけると、王女の元へと戻った。


ホールでは楽団がゆったりとした音楽を奏で、そこかしこで貴婦人たちが噂話に花を咲かせていた。男たちも笑みを浮かべ、親交を深めたり、ときには牽制しあったりと忙しい。

しばらくして、楽団の音楽が止んだ。客人たちが気づいて扉を振り返ると、執事たちが恭しく開けた扉から、ゼップ子爵が入ってきた。

皆が、この盛大な夜会の主催者を目で追う。

値踏みするような視線もあれば、うさん臭そうに見る者もいる。だが、概ね、貴族たちは領主に好意的であった。

それは、この地が今後発展することが分かっているからであり、なによりもこの領地には万能薬パナケアがあるからだった。誰もがパナケアを欲しがっている。身内に病の者がいなくても、パナケアがあれば、いざという時の切り札になるのは間違いないからだ。

ゼップ子爵はにこやかな笑顔で、来場の貴族たちを見回した。

もったいぶった間を置いてから口を開く。

「ドルイド自治領、王国側領主のゼップでございます。この度は当館の夜会にご参加いただき、誠にありがとうございます。今回は中央から上級貴族の方々もお呼びし、自治領始まって以来の盛大な夜会を開催することができました。特産の薬草酒パナケーアも出来たてのものがじきに届きますので、ぜひお召し上がりください。お帰りのころには、ご婦人は肌つやが良くなり、男性の方々は活力が湧いてくること間違いなしでしょう！」

それを聞いて、ホールの皆が控えめに笑う。

そこでゼップは残念そうに続けた。

「なお、ドルイド側の共同統治者、およびドルイドの方々ですが……彼らはいま霊山に籠《こ》もる時期であり、夜会への出席は辞退させていただきたいとのことでした。今回は残念ですが、いずれ彼らをご紹介する機会もあるかと存じます」

会場には確かにドルイドの民らしき者たちがいない。ゼップはドルイドとの関係が良好であることを伝えるため、適当な嘘をついた。

ゼップはさらに夜会に演出を加える。

「さて、これから皆様にはご自由にご歓談いただければと存じますが、その前にお一方、ご紹介したい方がいらっしゃいます」

皆の視線が再びゼップに集まった。

「実はエルデシア王家からのご紹介で、異国の姫君が当屋敷に滞在しているのです。個人的な訪問ゆえ家名は明かせないと仰《おお》せですが、お姿をご覧になれば、やんごとなき身分の方だとすぐに分かるでしょう。ぜひ皆様にも親交を深めていただければと存じます」

ほおと会場の上級貴族たちも興味を引かれた。

異国の姫と会う機会などそうそうないからである。

ゼップ子爵は、姫君にも夜会への参加を願い出ていた。王家との繋がりがあることや、異国の姫とも懇意にしていると明かすことで、自分の株を上げようという魂胆である。

もちろん、姫君はその提案に二つ返事で乗った。

ゼップ子爵が楽団の指揮者に頷くと、静かに演奏が始まった。音楽の効果もあり、皆の期待が高まっていく。向かいの大扉に向かって、ゼップが声を上げた。

「では、レスティ姫君、ご入場ください！」

執事たちが、両側から厳かな態度で扉を開けていく。

異国の姫君が会場に足を踏み入れた途端――

ざわり。

皆が一斉に息を呑んだ。

その音が重なり、会場に響き渡ったほどである。

いつの間にか演奏が途切れていた。楽団の指揮者だけでなく、演奏者たちまで釘付《くぎづ》けになったからだった。

姫君の美しさに、会場が静まりかえる。

異国風の濃いめの化粧を施したレスティ姫君は、美の女神に祝福されたごとく、完璧な美を体現していた。

輝く黒髪に合わせた濃紺のドレスは、白く滑らかな肌をより鮮明に印象づけている。

首元のネックレスも見事だったが、ほっそりとした指を飾る指輪もまた見事だった。

その指輪一つで、この屋敷に相当するほどの価値があるだろう。

彼女は自然に分かれていく人波の中を、微笑を浮かべて歩を進める。

そんな姫君の後を付いていく者たちも、また稀《まれ》にみる美形揃《ぞろ》いであった。

すらりと身長の高い女性は、深いスリットの入ったドレスを華麗に着こなしている。会場中の紳士たちが彼女の素晴らしい脚線美に魅せられていた。

その後ろをかしこまって付いてくる侍女たちも、恐ろしいほどの美少女である。一人は凛々《りり》しく、一人は朗らか、そして、もう一人は可憐《かれん》。それぞれが瑞々《みずみず》しい魅力を放つ、なんとも華やかな侍女たちだった。

貴族たちだけではない。会場には騎士団から派遣された衛兵や屋敷の使用人たちも大勢いたが、彼ら、彼女らも、一行の美しさに呆然《ぼうぜん》とし、立ち尽くしていた。

中には侍女たちと間近に触れ合った者もおり、顔を真《ま》っ赤《か》にして彼女たちを見つめている。

正装して参加していた騎士団団長のヤコブも、飲み物のグラスを落としそうになりながら、姫たちを凝視していた。

ゼップ子爵は我に返ると、平静を装って姫君を迎える。

彼も内心、度肝を抜かれていた。普段着の飾らない格好でも充分に美しかったが、ドレスを纏《まと》い、化粧を施した彼女がここまで美しくなるとは思っていなかったのである。

皆の視線を一身に受ける美姫を迎え、鼻高々となるゼップ子爵。

彼は、レスティ姫君の人間離れした美貌《びぼう》に恐れ戦《おのの》いていたが、そんな自分の気弱な思いを抑えつけ、震える手を姫君の肩に親しげに置いた。

その瞬間――

「っ！」

ゼップは手に火傷《やけど》しそうなほどの熱を感じ、慌てて手を離した。だが、掌には何の異常もなく、ゼップはしばし戸惑いの表情を浮かべる。

彼は、何か禁じられたことを破ってしまったような、踏み越えてはいけない地点を通り越してしまったような、そんな得体の知れない焦燥感に駆られた。

しかしゼップはすぐに気を取り直し、皆に向けて姫君を紹介する。

「彼女がレスティ姫君です。異国より、この地の珍しい品々を見に来られたそうです！」

ゼップ子爵が紹介すると、姫君は膝《ひざ》を曲げるような独特の挨拶《あいさつ》をした。

顔を上げると、屈託《くったく》のない笑みを浮かべ、皆を見回す。

その所作と笑顔に、普段は仏頂面《ぶっちょうづら》の大貴族さえ釣られて破顔した。まるで、綻《ほころ》ぶ花を見て感激する子どものようである。

姫君が涼やかな声で挨拶した。

「ご紹介にあずかりましたレスティでございます。私のことは姫君ではなく、ただレスティとお呼びくださいませ。姫君などと呼ばれると、緊張して、ダンスの際に殿方の足を踏んでしまうかもしれませんもの」

姫の軽口に皆が笑う。

高貴な姫君が見せる意外なほどの気さくさに、場の緊張が一気に緩んだ。

「私のことは、夜会に連れてきた親戚の娘だとでも思っていただければ嬉しいですわ。どうぞ気軽に話し掛けてくださいましね」

会場の空気がふわりと柔らかくなり、和やかな雰囲気になる。

年若い姫君が、一瞬でホール全体を掌握《しょうあく》してしまった。

姫君が笑みを向けて促すと、ゼップ子爵が慌てて後を引き継ぐ。

「そ、それでは皆様、今宵《こよい》は存分にお楽しみください！」

ふっと姫が楽団の指揮者に目を向け、小さく頷いた。気づいた指揮者はすぐに演奏を始める。会場には絶妙のタイミングで音楽が流れ、夜会はこれ以上ない完璧な幕開けとなった。

その采配に気づいた者はごくわずかだったが、姫君の聡明さを悟った鋭い者たちは、ぜひこの方と懇意にしなければ、と急いで挨拶に馳《は》せ参じた。

レスティ姫君の周りには貴族たちが集まり、賑《にぎ》やかな歓談が始まった。

姫は宝飾品や服の流行のことだけでなく、政治や経済、領地経営などの知識も豊富で、話題には事欠かない。商売についても見識があり、招かれていた大商人とも意気投合していた。

ゼップ子爵は、自分がレスティ姫君を過小評価していたことを思い知り、愕然《がくぜん》とする。

ただのわがまま娘だとばかり思っていたからだ。

まさか最初の顔合わせは演技だったのか？　そう思わなくもなかったが、そこまで知恵が回るわけがないと高をくくっていた。

しばらくして、執事がゼップに耳打ちする。ようやく薬草酒が届いたのだ。

扉が開き、薬草酒の樽《たる》が会場に運ばれてくると、皆が歓声を上げる。薬草酒パナケーアは王都でも評判になっており、品薄状態なのだ。

ゼップが皆に知らせた。

「皆様、出来たての薬草酒パナケーアがようやく届きました！　ぜひご試飲ください。たっぷりありますので、お急ぎにならなくても大丈夫でございます。また数に限りがございますが、ご注文の方は使用人にその旨《むね》お伝えください──」


使用人たちが薬草酒をグラスに注《つ》ぎ、客人たちに勧めていく。

ある程度、皆に行き渡った辺りで、離れていたクレハが戻ってきた。

声を潜めてセレスティア王女に言う。

「……後ろの三番目の樽です。リオンさんがつけた印がありました」

「そう、ようやく証拠も揃ったわね。ではそろそろ始めようかしら」

クレハがツバキたちに頷くと、ツバキは王女から少し離れて全体を見渡せる位置に陣取り、カエデとモミジは二つある扉の方に歩いていった。

セレスティア王女は一度目を閉じると、ふうと長く息を吐き、ゆっくり目を開ける。

笑みを浮かべると、グラスをスプーンで叩いて音を出し、皆を注目させた。

王女が楽団に目を向け、指揮者に演奏をやめさせる。

彼女が口を開いた。

「皆様。私、余興を思いつきましたの。少しだけお時間よろしいかしら?」

周りの皆が楽しそうに声を上げる。

「余興ですって!」「レスティ様が?」「なにかしら?　楽しみですわ!」

王女が笑顔で言った。

「題して、ドルイド自治領知識ゲームです！」

ほおと皆が興味深そうな声を上げる。

「私、今日、領地を回っていろいろ見てきましたの。ですから、自治領のことにはかなり詳しくなりましたわ。このゲームは、互いに自治領に関する質問を出し合い、答えていくという単純なゲームです。質問に答えられなければ、その時点で負けとなります。ただし、答えが疑わしい場合は重ねて質問することができます。いかがです？　ドルイド自治領通の私と勝負しませんか？　私が負けたら……そうですね……国の別荘に招待しようかしら？　もちろん特別待遇で」

わあっと婦人たちが喜び、男性たちも俄然《がぜん》乗り気になった。

間違いなく一流のもてなしを味わえるだろうし、彼女と親交を深めれば、いろいろと利益が得られそうだからである。

王女はゼップ子爵に微笑《ほほえ》んだ。

「答えが合っているかどうかは、ゼップ子爵様に判定していただきたいのですけれど、よろしいかしら？」

ゼップはわざとらしくかしこまって頭を下げる。

「身に余る光栄に存じます。このゼップ、領主の名に懸けて公正に判定いたしましょう！」

婦人たちがその大仰《おおぎょう》な返答にくすくすと笑った。

ゼップ子爵を含め、ほどほどに頭の回る者たちは、この余興の真意に気づいていた。

このゲームは、客人にドルイド自治領について知ってもらおうという彼女の粋《いき》な計らいなのである。おそらく、最後は領主のゼップに花を持たせるつもりなのだということも分かっていた。

王女は周りを見回し、挑戦者を募る。

「さあ、最初の挑戦者はどなたかしら？」

「私が挑もう！」

そう言うと、大柄な貴族男性が進み出た。先ほどから彼女と話し、その美しさと聡明さにすっかり魅了されてしまった一人である。

王女が笑みを浮かべると口を開いた。

「まあ勇ましい！　では、私から質問いたしますわね。――ドルイド自治領の資源を一つあげてください」

男は頷くと、すぐに答える。

「ふむ、鉱物でいいか」

ゼップ子爵が頷き、正解を知らせた。

「次は私が質問する番だな。その鉱物資源のうち、主に採掘されるものは何か？」

王女もすぐに答えた。

「産出量順に、鉄、鉛、銅でしょうか。聖銀《ミスリル》が採れることもあるそうですね」

「正解です！」

ゼップが正解を告げると、皆が笑顔で拍手した。

続いて王女が質問する。

「聖銀《ミスリル》の他《ほか》に稀に採れる鉱物があります。それが何かお分かりになって？」

男がぐっと詰まった。当てずっぽうで答える。

「……まさかとは思うが、アダマンタイト？」

王女は笑みを浮かべて答えを言った。

「いいえ。正解は火廣金《ヒヒイロカネ》です。ほんのわずかですが、採れることがあるそうですよ」

おおお！　――と皆がどよめく。ゼップが深く頷き、正解だと示した。

この一連の流れを見て、ほとんどの人が理解した。簡単な質問をやり取りし、最後に相手が間違える――その様子を見ることで、客人たちはドルイド自治領について広く知ることになるのだ。

つまりこれは真剣なゲームではなく、ちょっとした領地の宣伝である。

まさに余興であり、本気で勝とうとするのは野暮《やぼ》どころか、常識外れも甚《はなは》だしいのだ。

だが、真意に気づかぬ愚か者はどこにでもいる。

何度目かの挑戦の後、騎士団団長であるヤコブが進み出た。

「レスティ様、団長のヤコブです。私も挑戦してよろしいでしょうか？」

「もちろんですわ。そちらから質問をどうぞ」

ゼップ子爵がじろりとヤコブに目をやったが、彼はその視線に気づかず、質問する。

「この屋敷の隣に我が騎士団が駐留しています。団員が何人いるか分かりますか？」

ゼップだけでなく、多くの貴族たちがため息をつき、わずかに眉根《まゆね》を寄せた。

これは、そういった本当に分からないことを質問するゲームではない。

簡単な問答を通して姫との会話を楽しみながら、領地の知識も得られるというお遊びなのだ。

そんなことも分からない愚かな男に、会場にいた貴族たちは敵意すら覚える。

姫との楽しいひとときが終わってしまうかもしれないからだ。

ヤコブ団長はさも得意そうに口元をにやつかせている。

ゼップが苦々しい表情で割り込もうとした時、王女が口を開いた。

「さすがはヤコブ団長、難しい質問ですわね。私、先ほど厨房を覗《のぞ》かせていただいたのですが、料理人の方たちが、この夜会の軽食とは別に大量の食事を用意されていました。あれはきっと騎士団の方たちの食事でしょう」

ほう、と貴族たちが興味深そうに彼女の話に耳を傾ける。

「煮炊きの煙が上がっていたところを見ると、駐留所にも厨房があるはずです。ですが、駐留所ではすべてを賄えず、領主館の厨房を使わせてもらっているのでしょうね。厨房には大鍋が三つほど見えました。定番の野菜と肉のスープでしょう。騎士の食事は一般の方より少し多めのはず。お代わりは……そうですね、三人に二人はするかしら？　このように仮定すれば、おおよその団員数を見積もることができます」

王女は微笑むと団長に答えた。

「だいたいこのくらいでしょうか――」

王女が言った数字は、ほぼ正解だった。

ヤコブ団長がぐっと詰まる。

もちろん、王女は計算などしていない。モミジが報告した団員数を言ったにすぎなかった。だが、それでは団長が納得しないと考え、適当な仮説を披露したのである。

ヤコブ団長が顔を顰《しか》めると、悔しそうに口にした。

「おおよそ……合っています」

「おお！」『お見事！』『さすがはレスティ様！』『素晴らしい洞察力ですわ！」

貴族たちがどよめき、称賛の声を上げる。

王女は笑みを浮かべ、今度はヤコブに質問した。

「では私も騎士団関係の質問をしましょう。先ほど団員数を見積もりましたが、どうやら、現在、小隊ほどの人員が欠けているようです。彼らはどこに行ったのでしょうか？」

ヤコブ団長が驚きの表情で言葉を詰まらせる。そこで王女は付け加えた。

「まさか、団長が団員の動向を把握していないことはないでしょう？　さあ、お答えを」

「それは……！」

ヤコブがしどろもどろになって、ゼップの方を見る。表情を変えないゼップを見て、ヤコブ団長は焦って答えた。

「ご、極秘任務だ！　行き先は騎士団関係者以外には教えられない！」

王女は手で口を上品に覆うと、朗らかに言った。

「あら。当てずっぽうで言っただけなのですけれど、本当に小隊をどこかに派遣されているのね？　――ゼップ子爵様、小隊が極秘任務中ということですが、これは正解ですか？」

貴族たちが、何だか面白くなってきたという表情でゼップ子爵に目をやる。

好奇の視線を一身に受け、ゼップは喉の奥で唸った。

まさか、領主が直属の騎士団が遂行している任務を知らないとは言えないだろう。

「た、確かに任務で小隊を派遣しております。ですが、ヤコブ団長の言うとおり、これは領内の機密事項であり、どんな任務かを教えることはできません。どうかご理解ください」

王女は頷くと、ほっそりとした顎《あご》に指を当てる。

「なるほど。秘密の任務ということは分かりました。ですが、質問の答えになっているかというとそうではありませんね。ではこうしましょう。ここはこちらが引き下がります。ですので、次の質問も私がしてもよろしいかしら？」

王女はそう言うと、ヤコブ団長に微笑んだ。ここで辞退することなどできないだろう。

団長はゼップをちらりと見ると、渋々といった表情で頷いた。

王女が口を開く。

「聖域――」

団長がびくりと反応し、ゼップ子爵が硬い表情になる。

「聖域とは霊山の奥にあるドルイドの聖地です。その中心部には聖木があり、聖木に成る宿り木から採れるのが万能薬パナケアだそうです」

王女は質問をせずに話を進めた。

すぐに質問しなければならないといったルールは、このゲームにはない。

「ところで条約はご存じですよね？　エルデシア王国とドルイドの民は不干渉条約を結んでいます。ドルイドの許可なく霊山に入ることは許されません。特に聖域に侵入するなどもってのほか。もし許可なく聖域に押し入れば――」

王女は少しの間を置いてから言った。

「王国は侵入者を敵対勢力と見做《みな》し、武力制圧するでしょう。王国はドルイドの地を敵から守るのが役目ですからね。つまり侵入者は敵国扱いです。ですから、その責は実働部隊だけでなく、部隊の長、またその上官にまで及ぶでしょう。多分、作戦行動を知っていて黙っていた者たちにも相応の罰が下るはずです」

会場で警護をしていた衛兵たちが、顔色を変え、ざわめき始める。

「え？」「嘘……だろ」「知ってたか？」「罰って……」「俺たちどうなるんだ？」

ヤコブ団長はそのざわめきをかき消すように、慌てて大声を出した。

「そ、それは質問ではないですよね⁉　関係ない話はやめていただきたい！」

ゼップ子爵も非難の声を上げる。

「さ、さよう！　いかにレスティ様とはいえ、お戯《たわむ》れがすぎますぞ！　それではまるで――」

言うのをためらったゼップに向け、王女が言葉を引き継いだ。

「それではまるで、私たちが許可なく小隊を聖域に送り込んだみたいじゃないか――ですか？もちろん、そんなわけはないでしょう。そんな犯罪行為を……いいえ、この場合、王国への宣戦布告でしょうか？　そんな馬鹿《ばか》げたことをする愚か者はいないでしょうからね」

二の句を告げないゼップ子爵。周りの貴族たちがひそひそと何事か言い合い、疑惑の目が領主や団長に向けられていく。

そこで助け船を出すように、王女はパンッと手を叩いた。

「もちろん、今の話は妄想ですわ！　私、そういった作り話が大好きなものですから、つい。さて、私が質問したいのはそのことではありません。私が本当にお聞きしたいのは――」

満面の笑みを浮かべると、王女は告げる。

「――麻薬のことですわ」

会場が騒然となった。

耳聡《みみざと》い者なら、誰もが南部で麻薬が流出している噂は聞いている。

その生産元が、ドルイド自治領ではないかと薄々考えている者も多かった。

自治領は薬草の産地であり、幻覚作用のある珍しい薬草が自生していてもおかしくないのである。

ただそのことに気づきつつも、誰もそこには踏み込まなかった。

発展していく自治領との関係を悪くすることは、誰にとっても不利益だからである。

王女はそのぬるま湯のような状況に爆弾を落としたのだ。

ゼップ子爵が怒りの声を上げる。

「そのような根も葉もない噂を言ってもらっては困りますぞ！　もういい！　レスティ様には退場していただきます！　後日、正式に抗議の書状を送りますからな！」

貴族の中には領主に同調する者もいたが、中には反対の者もいた。

勇気ある貴族の一人が口を開く。

「いや、私はレスティ様の意見を聞きたい！　麻薬の噂については皆も知っているはずだ！ここはいっそはっきりさせるべきではないか⁉」

別の貴族が反論した。

「姫君か何か知らんが、他国の問題に口を出しすぎだ！　失礼にも程があるぞ！」

その意見にも反論が出る。

「他国の人間だからこそ、利害に関係なく意見が言えるのだ！　彼女の聡明さはもう分かっているだろう⁉　貴重な機会だと思わんのか！」

喧々囂々《けんけんごうごう》たる議論が続く中、貫禄のある老貴族が進み出て、ステッキで床をドンッと一突きした。その音と、男の迫力に周りの貴族たちが押し黙る。

老貴族が柔和な表情で言った。

「爺《じい》がしゃしゃり出て済まないねえ。自分の利益より、国益を優先する気骨のある若者が殊《こと》の外《ほか》多くて嬉しくなってしまったよ。私もぜひレスティ嬢の意見を聞きたいですな。レスティ嬢はどうやら広範な情報網をお持ちのようだ。この爺にもその知識を披露してくれまいか？」

王女は男に目をやると、改めてお辞儀をしてみせる。

にこやかな笑みで口を開いた。

「これは侯爵様。ご機嫌麗しゅう。私のような若輩者を立ててくださるとは、感謝の念に堪《た》えませんわ」

周りの貴族たちがざわめく。侯爵家の人間が来ているとは思わなかったのだ。

男が愉快そうに答える。

「ほっほっほ。そうかそうか、私のことも知っておったか。だが、もう家督は息子に譲っておるのでな。すでに隠居の身。いまはただの爺ですわい」

侯爵が意見したことで、場が一気にひっくり返った。

ゼップ子爵は苦々しい表情で黙り込む。もはや事の成り行きを見守ることしかできなくなった。

王女は笑みを浮かべると、ゼップ子爵をまっすぐ見る。

ここからは、領主であるゼップ本人への質問になるのだ。

「麻薬のことと言っても、もちろんこれは仮のお話です。では質問しましょう。もしもですよ？　もしもこの自治領で麻薬を生産し、流通させるとしたら――ゼップ子爵様はどのように麻薬を運ばれますか？」

ゼップは吐き捨てるように言う。

「ふん！　そんな仮定には何の意味もない！　この領で麻薬を生産することなど絶対にないのだからな！」

王女は首を傾《かし》げて見せた。

「あくまでも仮の話でいいのですけれど……とはいえ、質問の答えにはなっていませんね。疑わしい場合は続けて質問しても良いルールでした。ですが、質問する前に私の仮説をご紹介しましょう」

そう言うと、王女は皆を見回して続ける。

「当然ですが、麻薬をそのまま運ぶことなどあり得ません。何かに偽装するはずです。私なら、まず貴族向けの商品に偽装することを考えるでしょう。なぜなら貴族向けのものだと分かれば、検問が緩くなるからです。もちろん、そういうことではいけないのですが、誰しも御貴族様と事を構えたいとは思いませんからね」

反応しない者もいたが、多くの者たちが軽く頷いた。

王女は気にせず、話を進める。

「この辺りは山岳地帯ですから、基本的に荷物は陸路で運びます。海や川を使えればよかったですよね？　なぜなら、バレそうになったら海や川に捨てればいいからです。麻薬は粉状ですから、液体に溶かしてしまえば証拠は残りません」

「ふむ……」『確かに』と多くの貴族が頷いた。

王女は会場をゆっくり歩きながら話を続ける。

「さて、麻薬を何に偽装するのが最良か考えていきましょう。偽装用の商品を新たに増やすのは得策ではありません。突然大量の新商品を運ぶことになれば注目を浴びますから、それだけバレる危険が大きくなるからです。ですから――」

一人の貴族がつぶやくように言った。

「……既存の商品を使う？」

王女は笑みを浮かべて、発言した貴族に頷く。

「ご明察！　そうです。すでに商品として存在しているもので、貴族に大量に出荷しており――可能なら、液体を使った商品が偽装するには最良なのです」

そこで王女は薬草酒の樽の前まで来ていた。

立ち止まり、じっと薬草酒の樽を見る。

貴族たちがその意味に気づき、ざわめいた。

「そ、そうか……薬草酒！」『貴族向けに大量に出荷している商品だ！』『それに液体を使っている！」

王女はにこやかな笑みで皆に頷いてみせる。

「その通り。私なら薬草酒に偽装して、麻薬を運ぼうと考えるでしょうね。ですから、ゼップ子爵様への質問はこうです。――麻薬を樽に隠して運んでいませんか？」

ゼップは怒りの表情ですかさず答えた。

「馬鹿馬鹿しいっ！　そんなことは絶対にしていない！　そこまで言うなら調べてみるがいい！」

王女は目を細める。

「あら、よろしいのですか？　そんなに強気で」

「ああ、もちろんだ！　だが、もし何もなければ――あなたにはここで土下座し、私の名誉を傷つけたことを謝罪してもらおう！　……いや、それだけでは足りん！　国に正式に抗議し、何らかのお咎《とが》めを受けてもらうぞ！　そっちこそ本当にいいのか!?　赤《あか》っ恥《ぱじ》をかく覚悟はできているんだろうな！」

王女は肩を竦めると、不安げな表情を見せた。

「そうですわね……まさか、都合よく偽装された樽があるはずありませんもの……」

ゼップが鼻息荒く、口にする。

「ふは！　それ見たことか！　返す返すもなんという屈辱だ！　皆さん、こんなことが許されていいのでしょうか⁉　これはエルデシア王国貴族全員を、いや！　すべての貴族の主である国王陛下を侮辱し、エルデシア王国を踏みつけにしたのと同じことですぞ！」

領主に同調する貴族たちがここぞとばかりに声を上げた。

「そうだそうだ！」「許しがたい冒瀆行為だ！」「言語道断！」「ここで斬り捨てられても文句は言えんぞ！」

しおらしく項垂《うなだ》れていた王女は、しばらくして顔を上げる。

その顔には、面白そうな笑みが浮かんでいた。

「ふふ！　私、土下座することなどなんとも思いませんの。では確かめてみましょうか！」

ゼップ子爵を含め、領主側の貴族たちが絶句する。

そこで元侯爵の老公が声を上げた。

「ほっほっほ！　なんとも小気味よいお嬢さんだ！　よろしい！　ここは私が仕切ろう。私の側近に確かめさせても構わんかね？　あなたやあなたの侍女たちが樽に触れては、後で何か言われるやもしれんからな」

「まあ、ありがとう存じます！　ではお願いいたしますわ。あの辺りから見ていきましょう」

王女は後ろの列の三番目の樽を指差す。

すぐに老公の側近が樽を運んできた。皆の前に下ろすと、おもむろに蓋《ふた》を開ける。

中には――薬草が浮いた酒がなみなみと入っているだけだった。

麻薬が詰まっていると期待していた貴族たちが、落胆したようなため息をつく。

ゼップが高笑いした。

「ふははは！　ほれ見ろ！　ただの薬草酒だ！　さあ、どうされるおつもりか⁉」

王女が老公のステッキに目をやると、彼はすぐにその意味に気づき、ステッキを薬草酒に突っ込んだ。

「な⁉」

ゼップが突然のことに狼狽《ろうばい》する。

老公はステッキを引き出すと、皆に酒に浸かった位置を見せた。そして樽の横に並べる。

明らかに、酒の量と樽の高さに違いがあった。つまり――

老公が口にする。

「ふうむ……二重底か？　よし、酒をこちらの空樽に移し替えるのだ」

側近たちが酒を移し替えていく。その段になってゼップ子爵の顔色が変わった。

ゼップの額《ひたい》に冷や汗が浮かんでいく。彼は老貴族に向かって言った。

「お、恐れながら侯爵様！　これで何もなければ、あなた様の評判にも傷がついてしまいます。私も少々、大人げない対応をいたしました。元々はレスティ様の誤解から始まった戯れです。ここは両者とも矛を収め、この辺りで……」

老公が笑みを浮かべて答えた。

「なあに心配には及ばんよ。何もなければ私が公式に謝罪しよう。何だったら土下座をしても構わん。ただし――」

老公の眼光が鋭くなる。

「何もない場合でも、この老骨の謝罪のみで済ませてもらえんか？　このお嬢さんには手出し無用に願いたい」

「そ、それは……！」

ゼップが言葉を詰まらせた。

王女は老貴族の言に素直に頭を下げると、口を開く。

「心優しいお申し出に感謝いたしますわ。ですがおそらく、そのような事態にはならないでしょう。さあ、皆様！　よくご覧になってくださいませ！」

側近たちが酒を移し終えると、樽の底板を覗き込む。底板には持ち手のようなものが付いていた。

「底板に取っ手が付いているようです。引っ張り上げてみます！」

側近の言葉に、ゼップ子爵の顔が引き攣《つ》る。

ゼップが焦りの表情で執事を振り返ると、執事は真《ま》っ青《さお》な顔でぶんぶんと首を振った。

「お、おい……まさか……！」

ヤコブ団長も目を見開き、震えた声を漏らす。

側近たちが声を掛けた。

「せーの！」

ボコッと蓋が開いたような音がして、底板が外れた。それは底板ではなく中蓋だったのだ。

その下の空間には――

側近が驚きの表情で報告する。

「た、樽の底に――白い粉がぎっしり詰め込まれています！　これは……！」

その報告を聞いた途端、貴族たちがどよめき、会場全体が揺れるような大音声《だいおんじょう》が響いた。

「きゃあああ！」『な、なんだって⁉』『では、やはりレスティ様の言うとおり……！」

「まさかこんなことが」『それは本当に麻薬なのか⁉』『大事件だぞ、これは！」

婦人たちが悲鳴を上げ、貴族たちが口々に声を上げる。

ゼップ子爵が取り乱しながら弁明した。

「ち、違う！　こんな……こんなことが起こるわけがない！　これは、そ、そうだ！　これは私を貶《おとし》める罠だ！　そうに違いない！　樽に得体の知れない粉を隠し、私を罠に嵌めようとしている者がいる！　ま、まさか……」

ゼップは怒りに顔を歪めながら、王女を指差す。

「まさか、お前の仕業か⁉　どおりでおかしいと思った！　樽に細工がしてあるのが分かったのは、お前が仲間にやらせたからだろう⁉　――皆さん、これは自作自演です！　この女が仕組んだ罠です！　騙されてはなりません！」

王女はゼップの言葉を柳に風のごとく聞き流すと、よく通る声で言った。

「ええ、私の仲間がこの樽をここに送るよう手配したのは本当です。ですが、細工はしていませんよ。ただ樽を入れ替えただけです。薬草酒だけの樽と、麻薬が隠されている樽をね」

「……な……なんだと……！」

ゼップが歪んだ表情で声を上げる。

王女が老貴族の側近に頼んだ。

「側近の方、その粉の中に紙が入っているはずです。取り出していただけますか？」

「え、紙……ですか？　承知いたしました」

側近の男が粉を探ると、中から紙が出てきた。粉を払い、王女に手渡す。

皆がいぶかしげな表情で見守る中、王女が紙を開いた。

「これは私の仲間が密《ひそ》かに麻薬の中に隠しておいたものです。実は私――仲間を麻薬組織に潜入させておりますの」

ゼップ子爵やヤコブ団長、他の貴族たちも一斉に息を呑んだ。

まさか、そこまで計画的に行動しているとは誰も思わなかったのである。

王女が続ける。

「では読み上げますね――」

それを聞いて、次々に会場の貴族が悲鳴を上げ、真っ青《まさお》になった。

彼らは目を見開き、思わず後ずさりする。

リオンが麻薬の中に隠し、王女が読み上げたものは何だったのか？　それは――

「名前を呼ばれた方はもうお分かりですね？　これは――」

王女が笑みを浮かべて告げた。

「麻薬を隠した樽を注文した者たちの、名簿です」

その一言で会場が大騒ぎになった。そこかしこで名前を呼ばれた者たちが狼狽《うろた》え、弁解し、中には烈火のごとく怒り出す者もいた。

「ち、違う！」「嘘をつくな！」「そ、そんなことは知らん！　家臣が勝手にやったことだ！」「勘違いも甚だしい！　不愉快だ！　私は帰らせてもらう！」

何人もの貴族たちが、会場を出ようと扉へと急ぐ。

他の客人たちからは非難の声が上がった。

「逃げるつもりか！」「せめて弁明をしないか！」「扉を閉めろ！」

このままでは麻薬を購入した貴族たちに逃げられてしまう。

だが、王女は一つ息をつくと、立ち去ろうとする貴族たちに言った。

「ふう……舐《な》めてもらっては困るわ。私が――犯罪者の退場を許すわけがないでしょう？」

扉に殺到した貴族たちは――

「ぐえ！」『ぎゃあ！』『なに！』『無礼な！』

――扉にたどり着く前に次々と倒れ伏し、見事な早業《はやわざ》で無力化されていく。

誰であろうと、この会場から出ることはできない。

なぜなら二つある扉は、彼女たちに守られているからだ。

「犯罪者の皆さーん！　会場から出たかったらボクを倒していってねー！」

「……あなたたちには無理……モミジには絶対勝てない……」

扉の前に立ちはだかるのは、カエデとモミジの二人である。

彼女たちは貴族たちを蹴《け》散らし、彼らのループタイや靴紐《くつひも》、ベルトなどで、見る間に彼らを拘束していく。身動きがとれなくなった貴族たちが床でじたばた暴れたが、どうすることもできない。

人体の構造を知り尽くした二人に拘束されてしまえば、抜け出すことなど不可能なのだ。

彼女の手回しの良さと、侍女たちが見せた能力の高さに会場中がどよめく。

王女はゼップ子爵に目を向けると、改めて質問した。

「ところでゼップ子爵様は、ドルイドたちが霊山に籠もっていると言っていましたね。ですが、ドルイドにそのような慣習はありません。ご存じでしたか？」

今さらだったが、ゼップは反論して少しでも正当性を示すしかなかった。

「う、嘘をつくな！　ドルイドには神官や巫女といった役職の者がいる！　その者たちは修行のために山に籠もるのだ！　何も知らないくせにえらそうに言うな！」

王女は笑みを浮かべ、深く頷く。

「そうですか。では、本人に証言してもらいましょう。——カエデ、彼女を中に」

カエデが扉を開けると、外で待機していた者が会場に入ってきた。

ぼろぼろの民族衣装を纏った少女である。

その姿を見て、ゼップ子爵が目を剝《む》き、思わず後ずさりした。

王女が彼女を紹介する。

「彼女が誰なのか、ゼップ子爵様にならもちろんお分かりですよね？　彼女はドルイドの巫女、スーニアです。——スーニア、今までどういう状況にいたか皆様にご説明して」

スーニアは頷くと、ゼップを指差し、怒りに顔を歪ませた。

「私は屋敷に来たところをこの男に捕まり、今までずっと地下牢に捕らえられていました！　つい先ほど、姫様が私を助けてくださったのです！　この男は私を人質に取り、ドルイドの民たちを従わせ、麻薬を作らせていた極悪人です！」

貴族たちが非難の声を上げる。

「な、なんと！」『卑劣《ひれつ》なことを！』『人質を取るとは……貴族の恥さらしが！」

会場中が大騒ぎになった。

それもそのはず、これが事実なら、併合されたとはいえ、王国とドルイドの間の外交問題に発展するかもしれないのだ。

わざわざ、ぼろぼろの衣装を着せたのは、もちろん王女の策略である。

彼女が演出に手を抜くことはないのだ。

スーニアが続ける。

「この男は王国とドルイドの間に結ばれた条約を破り、聖域に踏み込もうとしています！　騎士団の小隊を送り込み、聖域を探索させているのです！　私はドルイド民の代表として、ゼップ子爵を告発します！　この男はドルイドだけでなく、王国をも裏切ったのです！」

矢面《やおもて》に立たされたゼップ子爵が、体を震わせて反論した。

「お、お前がドルイドの巫女だとどうして分かる⁉　これは茶番だ！　小娘どもの戯《ざ》れ言《ごと》にすぎん！　皆さん、聞いてはなりません！　この女は――」

次の瞬間、スーニアの手から枝が伸び、ホールの天井《てんじょう》に届くほどの高さになった。

会場に突然、見事な枝ぶりの木が出現したのである。

ゼップがわなわなと震え、大木を見上げた。

スーニアが言う。

「これはドルイド魔術です！　これでも私が巫女でないと言い張りますか!?」

その光景を見て、そこにいた全員が理解した。

彼女は紛れもなく、ドルイドの巫女なのだ。

スーニアが王女に目をやり、口を開く。

「姫様の質問にお答えします。確かに巫女である私は、数日、聖域で過ごすことがありますが、民たちが山に籠もる慣習はありません。ドルイドの民が街に下りてこなかったのは、労働を強制された上、逃げ出さないよう監視されていたからです。もちろん、見張りをしていたのはゼップ子爵の手下たちです！」

会場中が大騒ぎになった。逃げ出そうとして拘束される貴族たち、衝撃の事実に卒倒するご婦人方。騎士団の衛兵たちも混乱し、使用人たちが右往左往する。

ゼップが顔を真っ赤にして大声を上げた。

「嘘を……嘘をつくなあああっ！　小娘どもが適当なことをぬかしおってえええ！」

髪を振り乱し、唾《つば》を飛ばし、ゼップが王女を憎々しげに指差す。

「もはや勘弁ならん！　衛兵！　この女は王国領主を愚弄《ぐろう》し、人々を扇動する逆賊である！　この女狐《めぎつね》を引っ捕らえよ！　異国の姫だかなんだか知らんが、国元に帰れると思うなよ!?　領地での重大犯罪は、領主の権限により処断される！　お前は一生、この地で監獄暮らしだ！」

衛兵たちが顔を見合わせ、迷うそぶりを見せた。

その様子を見て、ゼップが叫ぶ。

「ええい、早く捕らえろ！　職務怠慢は厳罰に処すぞ！　騎士団から追放し、どこの騎士団でも働けないようにしてくれる！　分かったら、この嘘つき女と巫女だという小汚い娘を捕まえるのだ！」

衛兵たちが震え上がって動き出したそのとき――会場に大音声が響いた。

「控えろ！　この無礼者があああっ！」

ドンッと一歩踏み出し、声を上げたのは、ずっと騒ぎを静観していた筆頭侍女にして、王女の側近候補クレハである。

クレハの圧倒的な怒声に、会場中が一気に静まり返る。

彼女は度重なる主への侮辱を目の当《ま》たり《あ》にし、我慢の限界を超えたのだ。

クレハが王女に目をやると、彼女は一つ息をついて頷く。

王女も頃合いだと判断したのだ。

皆の視線がクレハに集まる。ゼップ子爵が口を開こうとすると、クレハが一喝した。

「汚い口を開くな！　この下郎！」

「……な……！」

クレハはゼップ子爵を睨みつけて続ける。

「こちらにおわす御方をどなたと心得る！　領主ごときが軽々と口を利《き》ける方ではない！」

皆の視線が一斉に王女に集まった。

クレハが皆を威圧するように声を上げる。

「恐れ多くもこの御方こそ、紋章都市クレスタを巨大隕石《いんせき》の襲来からお救いくださった守護聖女——」

会場中の皆が目を見開き、息を呑み込んだ。

一瞬の間を置いて、クレハが告げた。

「エルデシア王国第三王女、セレスティア・ネイ・エルデシア殿下である！」

えええええええええっ！

会場が悲鳴にも似た驚きの声で満ちた。会場だけでなく、屋敷全体が震えるほどの大音声である。

誰もが信じられないといった表情で王女を見つめた。

クレハが得意げに振り返ったので、セレスティア王女は小さく笑う。

……クレハったら乗り乗りね……

王女は黒髪のカツラを取ると、頭を振り、手櫛《てぐし》で髪を整えた。

カツラの下から現れたのは、エルデシア王国人にはいない青みがかった銀色の髪。

王女は左手の手袋を外すと、優雅に差し出した。魔力を込めた瞬間——

会場中から大きなどよめきが起こる。

宙空に現れたのは、白く輝く、巨大な光の軌跡。

その大きさ、その輝き。

光の軌跡は間違いなく、エルデシア王族にしか発現しない徴《しるし》――〈王家の紋章〉である。

その紋章は、セレスティア王女の神器である盾《たて》の形を象《かたど》っていた。

会場中の貴族たち、大勢の使用人、衛兵たちが、呆《ほう》けたように紋章の輝きに見惚《みほ》れる。

息をするのも忘れ、その美しさに釘付けになった。

すかさずクレハが声を上げる。

「セレスティア殿下の御前である！　控えろ！　頭が高い！」

最初に、元侯爵である老貴族が膝をついた。

その顔には驚きとともに、悔しそうな表情が浮かんでいる。

「まさか、姫君がセレスティア殿下だったとは……！　情けない……己《おのれ》が仕える王家の方だと見抜くことさえできぬとは……愚かな臣下をどうかお許しください……」

王女は首を振って答えた。

「いいえ、ジェラルド卿《きょう》。私の方こそ卿には感謝しなければなりません。助力の申し出、大変嬉しうございました」

老公が顔をくしゃりとさせ、涙を浮かべて喜んだ。

「このような老骨の名を……！　殿下の采配、誠にお見事でございました！」

他の貴族たちも、婦人方も、次々に頭を垂れ、膝をついていく。

「殿下……」『セレスティア様！』『守護聖女様……！』

使用人や侍女たち、騎士団員たちも震え上がり、額が床につくほど頭を下げた。

異国からの客人が王女だったことにももちろん驚いたが、親しげに声を交わし、気軽に接してしまったツバキ、カエデ、モミジの三人が、第三王女付きの侍女だと分かったからである。

王女付きの侍女は、屋敷付きの侍女とはまるで違う。侍女の中でも最上位に位置する敬意を払うべき存在なのだ。屋敷の使用人が気軽に話しかけていい相手ではない。

ゼップ子爵が真っ青な顔で後ずさり、よろめいた。

ヤコブ団長も目を見開き、信じられないといった面持ちで王女を見る。

セレスティア王女は紋章を消すと、ゼップたちに言った。

「ゼップ子爵。あなたの悪事、しかと見届けました。今後、この領地には徹底的な調査が入るでしょう。麻薬の製造、ドルイドへの労働の強制、巫女の拉致など、どれ一つとっても重大な犯罪です。もちろん、あなたに協力した者たちも王国の法によって裁かれます」

そう言うと、王女は、ヤコブ団長や領主に味方したであろう貴族たちに目を向ける。

貴族たちが蒼白《そうはく》な顔で打ちひしがれ、騎士団から派遣された衛兵たちも冷や汗を流して震えた。

しかし――

「……うるさい……」

ゼップ子爵が口にする。

「うるさい、うるさい！　うるさいんだよおおおおおぉっ！」

狂気を宿した目で王女を睨みつけると、唾を飛ばしながら叫んだ。

「王女だろうが、守護聖女だろうが知ったことかあああああっ！　ここは私の領地だ！　私の王国だ！　ここでは私が王であり、法であり、神なのだあああああっ！　貴様！　神に逆らうつもりか⁉」

髪を振り乱し、真っ赤に充血した目でぎろぎろと周りを見回す。

クレハが王女を守るように前に出て、ツバキが背後を守った。

ゼップが協力者たちに向けて声を上げる。

「おい、お前らああ！　もし私が捕まれば、お前たちに明日はない！　私とお前たちは一蓮托生《いちれんたくしょう》だ！　私とともに戦うか、地獄に落ちるか⁉　今すぐ決めろおおおおっ！」

騒然となる会場。貴族たちの中には魔法を使える者もいる。数人が意を決して立ち上がり、青ざめた顔で敵対の意思を示した。

ゼップはさらに騎士団員たちを睨みつける。

「お前たちはすでに私に加担している！　騎士団の精鋭部隊が聖域に入ることを知っていたの

だからな！　もう逃げられん。破滅するのが嫌なら――戦え！　ここで王女を倒し、敵対貴族どもを皆殺しにするしか生き残る術はない！　――おいヤコブ！　先頭に立たんか！　お前にどれだけ金を払ってると思ってるんだっ！」

正気の沙汰《さた》ではなかったが、追い詰められたゼップたちにはもはやそれしか方法がない。

ヤコブ団長が奇妙に拗《ねじ》くれたような表情で――ついに抜剣した。

「ぬ、抜いたっ！」「だ、団長！」

騎士が屋内で剣を抜くなど、完全に常軌を逸している。

ヤコブ団長は剣を王女に向けると、壊れた笑みを浮かべた。

「もうそれしかないなあ……ここにいる奴らを皆殺しにして、証人を消す以外ない！」

そして団員たちに目をやり、にたりと笑う。

「お前らも覚悟を決めろ！　こちらに付くか、あちらに寝返るか。あちらに付くなら誰であろうと――斬る！」

ヤコブ団長の狂気じみた表情を見て、何人かの団員が切羽詰まった顔で抜剣した。

すでにこの件に深く関わってしまった団員たちである。

ゼップが唾を飛ばしながら命じた。

「お前たち、かかれいっ！　――こやつらを皆殺しにしろおおおおぉっ！」

うぉおおおおおおおおっ！　――

会場を舞台に、ゼップ子爵の手勢とセレスティア王女に与《くみ》する者たちが戦闘を開始する。

弾《はじ》かれたように団員たちが駆け出し、敵対貴族たちが魔法を詠唱し始めた。

クレハが王女を守りながら、すかさず指示を出す。

「スーニアさんは扉を塞いで！　カエデとモミジは敵対者を排除！　ツバキはティア様に誰も近づけないで！」

「分かったわ！」『「「了解！」」』

スーニアが種を投げて大地に祈りを捧げると、種から蔦《つた》が生え、扉を覆っていく。バルコニーへの出入り口も蔦で塞ぐと、もう誰も会場からは逃げられなくなった。

続いて、セレスティア王女が左手を振ると、会場の一画を区切るように青白い障壁が現れた。

王女の神器〈絶対拒絶の盾〉である。

「戦えない者たちは私の盾の中に急ぎなさい！」

戦闘力を持たない貴族たちが、婦人を伴って青白い障壁へと走った。

その後ろを、必死の形相をした敵対貴族たちが追い掛けていく。

貴族たちが障壁内にするりと入ったところで、後続の敵対貴族たちが襲い掛かるが――

「ぎゃ！」『あがっ！』『ぐは！」

――彼らは障壁を抜けられずに衝突し、吹き飛ばされるようにして床に転がった。

敵対貴族たちが痛みに顔を歪めながら口にする。

「は、入れない！」『なぜだ⁉』

王女が当然のように言い放った。

「私に敵意を持つ者が、私の庇護下《ひごか》に入れるわけがないでしょう？　――さあ、皆さん！　その盾の中に敵対者は入れません！　急いで！」

セレスティア王女は前回、限界を超えて紋章に魔力を注《そそ》ぎ込んだことで、神器の新たな能力を使えるようになっていた。神器は使用者の成長とともに進化するのである。

「くそっ！」『そういう仕掛けか！』

敵対貴族たちが頭を振って起き上がろうとしたが――彼らは二度と立ち上がることはできなかった。

なぜなら、モミジが彼らを瞬く間に拘束してしまったからである。

「ぐぐ！」『動けん……！』

モミジが床に転がった貴族をちらりと見ると「……一丁あがり……」とつぶやき、次なる敵対者の制圧に向かう。

一方、カエデも、素早い動きで魔法を使える敵対貴族たちを翻弄《ほんろう》していた。

「ええい、ちょこまかと！」『皆で囲め！」

だが、貴族たちの魔法がカエデに当たることはない。そもそも魔法を発動させてもらえないからだ。

「詠唱おそー！　それじゃあボクには絶対当てられないよー？」

カエデは貴族の懐《ふところ》に入り込むと、足を払って大の男を簡単に床に倒した。素早く上着を半分脱がせ、袖《そで》を後ろ手に縛って動けなくする。靴紐を縛って足を拘束したところで、近くにいたスーニアが蔦を投げた。

「これ使って！」

「ありがとー！」

カエデはお礼を言うと、すかさず蔦で猿ぐつわを嚙ませ、詠唱できないようにする。

完全に拘束された貴族がふごふご言うのを尻目に、次の獲物の処理に向かった。

接敵から拘束まで、わずか五秒足らずの早業である。

ツバキも、汗一つかかずに敵対者たちを仕留めていた。ツバキの場合は王女の護衛に徹しているため、拘束する手間を省き、一撃で気絶させる方法を採っていた。

ときに顎に衝撃を与えて脳を揺らし、ときに鳩尾《みぞおち》に強烈な掌底《しょうてい》を叩き込んで意識を刈り取っていく。

ツバキたちは元々の暗殺技術に加え、リオンから厳しい訓練を受けているのだ。

そこらの貴族や地方騎士団の団員程度が敵《かな》う相手ではない。

しかし――

「くっ！」

ツバキが珍しく焦りの声を上げ、相手の剣を躱《かわ》すと宙返りして着地した。

強敵がツバキの前に立ちはだかる。男は下卑《げび》た笑みを浮かべ、ツバキを見下ろした。

「くく！　私に攻撃が効かなくて焦ったか？　私は――加護持ちだからな！」

ヤコブ団長が豪快に剣を振りかぶり、ツバキに襲い掛かった。

彼の攻撃を躱すのはそれほど難しくない。だが、ツバキの掌底やナイフでは、ヤコブ団長に有効打を入れられないのだ。団長の体に触れた途端、衝撃が相殺《そうさい》されてしまう。

ヤコブ団長が授《さず》かっている加護は〈防ぎの加護〉。

攻撃に対して自動的に障壁を張り、ダメージを軽減するという防御の加護であった。

その加護ゆえ、ヤコブ団長は〈鉄壁〉の異名を誇っているのである。

ほとんどの敵を片付けたカエデとモミジも、ツバキの元に駆けつけた。

三人の見事な連携技が決まるが、どうしてもヤコブ団長の障壁が抜けない。

悔しそうな表情を浮かべる三人に、ヤコブが嘲《あざけ》るように言った。

「くははは っ！　お前らごときに私が倒せるはずがない！　私一人で、お前らも！　側近の女も！　王女も！　ずたずたにしてくれる！」

調子に乗ったヤコブが思い出したように続ける。

「そういえば護衛がいたのだったなあ。主の危機にも間に合わんとは、どれだけ無能な護衛なんだ？　――もっとも腑《ふ》抜けた護衛が何人来ようが、私の敵ではないがな！」

その言葉に、ツバキたち三人が目を見開いて固まった。

彼女たちの顔が怒りに歪み、髪の毛が見る間に逆立っていく。

次の瞬間、三人は同時に声を上げた。

「「「殺すっ！」」」

三人が踏み出したところを、彼女が一歩進み出て止めた。

ヤコブ団長の前に立ちはだかったのは、もちろん――

「「「クレハ姉！」」」

ずっと戦闘に加わっていなかったクレハが、ついに動いたのである。

クレハは、ツバキたちに頷くと、ヤコブ団長と対峙《たいじ》した。

ヤコブが片方の眉を上げ、馬鹿にしたように口を開く。

「はあ？　側近の女が何のつもりだ？　戦えない奴はお呼びじゃないんだよ！」

王女に味方した貴族や騎士団員、使用人、侍女たちまでもが、驚きの表情でクレハに目をやった。彼ら、彼女らの認識では、クレハは王女の参謀役であり、指示は出すものの、自ら戦うタイプの人間には到底思えなかったからだ。

セレスティア王女が心配そうに声を掛ける。

「……クレハ、無理をしなくてもいいのよ？」

クレハは振り返ると、王女に首を振った。

「いいえ。度重なる同僚への侮辱を許すわけにはいきません」

すうとツバキたちが下がり、場所を開ける。

王女は小さく微笑むと、クレハに言った。

彼女自身も、ヤコブ団長の態度にははらわたが煮えくり返っていたのである。

「そう。それなら――」

王女がヤコブ団長を指差し、命じた。

「やってしまいなさい！」

「はっ！」

ヤコブ団長が顔を歪め、大声を上げる。

「はあ⁉　なに言ってやがる！　そいつが私に敵うわけ――」

ヤコブが言い終える前に――クレハはすでに彼の目前にいた。

「ッ⁉」

クレハは棒立ちになったヤコブの肘《ひじ》関節を極めると、背中側にひねり、一気に体重を掛けて床に引き倒す。ヤコブは一瞬で床に押し付けられ、身動きが取れなくなってしまった。

「な……な⁉　なんだあああああっ⁉」

ヤコブが叫び声を上げる。

それはそうだろう。何が起こってこうなったのか、まったく理解できないのだ。

その信じられない早業に、周りの者たちも一斉に息を呑む。

一方、ツバキたちは真剣な眼差《まなざ》しで、クレハの一挙手一投足を見つめていた。

彼女の動きを目に焼き付け、なんとか技を盗もうとしているのだ。

クレハが使ったその技は――〈合氣《あいき》〉。

遙《はる》か昔に東方より伝来し、今では失われてしまった対人制圧技術である。人体の構造と運動機能を熟知しなければなし得ない、高難易度の身体操作術だった。

クレハは、ツバキたちに先んじて、リオンからこの技を叩き込まれているのである。

このまま肘を壊してしまうこともできたが、クレハはヤコブを解放して立ち上がった。

床に倒れているヤコブに向かい、ちょいちょいと手を動かし、掛かってこいの合図をする。

一瞬呆けたような表情をしたあと、ヤコブの顔がみるみるうちに怒りに歪んでいく。

すぐさま起き上がり、大声を上げた。

「ふざけるなあああっ！　舐めやがってえええええ！」

ヤコブが殺意のこもった鋭い袈裟《けさ》斬りを放つ。

クレハは紙一重のところでヤコブの剣を避けると、奇妙な動きで彼の懐に入り込んだ。

突然、剣の間合いの内側に入られ、ヤコブの顔が恐怖に引き攣る。

観戦していたツバキたちが、思わず声を上げた。

「あ！　主様の！」『歩法だー！』『……もう覚えたんだ……」

まだ完全ではなかったが、クレハは高速歩法術〈瞬脚〉を身に付けつつあった。

天性の才能と、王女を守りたいという強い想《おも》い——その二つが、クレハを急速に成長させているのだ。

その半歩にも満たない間合いから、クレハは予備動作なしで強烈な掌底を繰り出す。

パアンッと凄まじい音がして、ヤコブの頭ががくりと大きく揺れた。

だが、彼は倒れない。辛《かろ》うじて上体を残し、及び腰ながら反撃してきた。

クレハは素早く後退して剣を避けると、打撃の感触を確かめるように、自分の手を開いたり閉じたりする。

ヤコブは頭を振ると、強がるようにして口元を上げてみせた。

「は！　そこそこやるようだが、お前の攻撃がいくら当たろうとダメージはないんだよ！　加護がある限り、お前に勝ち目はない！」

クレハはヤコブ団長の言葉を聞き流し、独り言のように言う。

「……なんだ……〈加護〉ってこの程度か……」

ふうと一つ長い息を吐くと、クレハは半身に構えた。

ヤコブに目をやり、はっきりと宣言する。

「次で——あんたの障壁を抜く」

ヤコブは目を見開くと、次の瞬間、歯を剥き出しにして声を上げた。

「はああああああぁっ⁉　お前、頭がおかしくなったのか⁉　私の障壁を抜くだと？　ふははははっ！　どうやって抜くつもりだ！　まさか加護持ちに勝てるとでも思ってるのか⁉」

クレハはヤコブの言葉を無視して、彼の重心の揺らぎを観察する。

これもリオンの教えである。体の軸がどう揺れるかで、次の動きを予想できるのだ。

クレハが読めるのは、辛うじて二手先の動きまでである。

リオンが何手先まで読めるのか、彼女には見当もつかない。

強くなればなるほど、リオンの果てしない強さに気づかされ、彼女は打ちのめされてきた。

だが――だからこそクレハは、リオンを侮辱する者を許せない。

認めたくはないし、伝えたこともなかったが、彼女にとってリオンは、遙か高みにいる最強の存在であり、今となっては自分の師なのだ。

たとえ王女に正体を明かすことになっても、己の師を侮《あなど》られて、黙っているクレハではなかった。

動じないクレハを見て、ヤコブ団長は怒りに顔を歪ませる。

剣を構えると、下卑た笑みを浮かべて叫んだ。

「やれるものならやってみろ！　その前に私の剣がお前を両断するっ！」

会場の中央で二人が対峙すると、会場が静まり返る。そして――

「はああああああぁっ！」

先に動いたのはヤコブ団長だった。鋭く踏み込み、豪快な上段斬りをお見舞いしようとする。

その動きを、クレハは完全に読んでいた。

至近距離まで一気に近づくと、回転しながら彼の肘を押して、剣の軌道を逸《そ》らす。

そのまま一回転すると、間近から、目にも留まらぬ掌底を放った。

「ぐっ！　あがっ！　がはあっ！」

ヤコブの体が衝撃に大きく跳ね、無様な声を上げる。

顎、胸、鳩尾と、人体の正中線に沿った必殺の三連撃が炸裂《さくれつ》した。

ヤコブ団長がよろけながら後ずさりし、震えた声を上げる。

「う……な、なぜ……！」

そこへクレハは容赦《ようしゃ》のない追い打ちをかけた。

「がふうっ！　ぐぼおっ！」

今度は掌底に加え、肘打ちも交ぜていく。

ヤコブ団長は鼻血を流し、体をくの字に曲げ、堪《たま》らず嘔吐《おうと》した。

吐瀉物《としゃぶつ》に塗《まみ》れ、激痛に体を震わせながら、ヤコブが信じられないという表情で叫ぶ。

「なぜだ……なぜ当たる⁉　私には――〈防ぎの加護〉があるというのに！」

彼女の戦いを観察していたツバキたちにはすぐに分かった。

クレハの拳《こぶし》、肘、脚が、ぼんやりと光を放っている。それは集束した魔力の輝きだった。

魔力を纏った拳や脚で障壁を相殺し、本体にダメージを与えるその戦闘術——

「すごい……」『抜いたー！』『……きれい……」

ツバキ、カエデ、モミジの三人が感嘆《かんたん》の声を上げる。

彼女たちが、リオンに教え込まれている格闘術の理想型がそこにはあった。

その技の名は——〈グランボルド魔手格闘術〉。

格闘王の異名を持つボルドが編み出した、対能力者戦用・近接戦闘術である。

ボルドは、加護や魔法に徒手で対抗するための武術を生み出したのだ。

クレハが独特の呼吸法を行うと、魔力の輝きがさらに増していく。

激痛に顔を歪めるヤコブに向かって、クレハが言った。

「あんたが馬鹿にした護衛は、私より何万倍も強い。私にやられるようじゃ、あんたなんか瞬殺よ？　分かったら、もう二度と——私の師を侮辱するな」

「うー——うるせえんだよおおおおおっ！」

自棄《やけ》になったヤコブ団長が、剣を振り回して突進してきた。

だがそんな単純な攻撃が、クレハに届くわけがない。

彼女は一撃目の蹴りでヤコブの剣を弾くと、軸足を踏み換え、二撃目に豪快な後ろ回し蹴りを放った。空気が熱を帯びるほどの鋭い蹴りである。

「ごぼおおおおおああああぁ！」

直撃を受けたヤコブは汚い悲鳴を上げて吹っ飛び、薬草酒の樽に頭から突っ込むと、やがて動かなくなった。

クレハが一つ息を吐いて残心する。

その決着を見て、周りの貴族や団員たちが弾かれたように声を上げ、拍手喝采した。

「おおおおおおぉ！」『つ、強い！』『あの団長が手も足も出ないとは！」

「いまのは武術か⁉」『さすがは殿下の側近だ！」

クレハが周りの者たちに目礼すると、振り返って王女の前まで歩いた。

頭を下げて、神妙な面持ちで口を開く。

「……ティア様、この件の説明は後ほどさせていただきます」

セレスティア王女が頷くと、クレハに声を掛ける。

「分かった。それにしてもよくやったわね、クレハ。私も胸がすっとしたわ」

ヤコブ団長が完膚なきまでに叩きのめされたことで、会場の騒ぎも収まりつつあった。

ツバキたちに捕縛されたゼップ子爵が、床に転がったまま声を上げる。

「ぐぐ、くそおおっ！　こんなことをしてただで済むと思うなよ！」

王女は冷ややかに答えた。

「言い分があるなら、裁きの場で言いなさい。――さあ、これでだいたい収まったかしら？」

ゼップ子爵に協力していた貴族たち、使用人、騎士団員、また麻薬を購入していた貴族らも捕縛され、一箇所に集められている。騒ぎに巻き込まれた貴族や婦人たちは、王女の神器で守られ、怪我をした者はいなかった。

なんとか人死にを出さず、おおむね王女が予想したとおりの展開で事態は収束したのだ。

元侯爵であるジェラルド卿が王女に向けて拍手をすると、周りの人々もそれに倣《なら》い、会場はやがて暖かい拍手で満ちた。

セレスティア王女の元に、クレハやツバキたち、ドルイドの巫女スーニアも集まってくる。

皆が顔を見合わせ、ほっと安堵《あんど》の息をついた、そのときである——

突然、館全体が大きく揺れ、グラスや皿が床に落ちて次々に割れていく。

「じ、地震か⁉」『大きいぞ！』『何かに掴まれ！」

会場の皆が口々に叫ぶ。

揺れが収まると、今度は山の方から、悲鳴のような音が辺り一面に響き渡った。

ギィイイイアアアアアオオオオォッ——

尋常ではないほどの音量と、聞いたこともない音の奇怪さに皆が恐れ慄《おのの》く。

その中でももっとも恐怖に凍りついたのは、巫女のスーニアだった。

蒼白になった顔でゼップ子爵を振り返ると、声を荒げる。

「いまのは地霊様の叫び！　あなた、まさか——聖域を穢したの⁉」

ドルイドの聖域には地霊が眠っている。

騎士団たちが聖域を穢し、地霊を起こした可能性があった。

セレスティア王女は一度唇を噛むと、すぐさま指示を出す。

地霊のことはスーニアから詳しく聞いていたのだ。

「皆さん！　ご存じの方もいるでしょうが、ドルイドの霊山には地霊と呼ばれる存在が眠っています。騎士団が聖域に踏み込んだことで地霊を起こしてしまったかもしれません。建物の中にいるのは危険です。とにかく山から離れ、北に退避してください！　犯罪に加担していなかった騎士団員は街に出て、民たちの避難誘導を！」

王女が言うと、また館が激しく揺れる。

夕食どきでもあり、街ではこれから火事が起こると予想された。

貴族たちがあたふたし始め、会場は再び騒然となる。

王女がスーニアに尋ねた。

「スーニア！　地霊が本格的に暴れた場合の被害規模は⁉」

スーニアが眉根を寄せ、辛そうな表情で答える。

「たぶん……この地方一帯が――壊滅します！」

会場中の皆が息を呑んだ。地霊のことを知っていた者もいるが、そこまでの存在とは思っていなかったのである。

事の重大さを悟ったジェラルド卿が、率先して貴族たちの指揮を取った。

「ご婦人たちを優先して馬車で避難させよ！　地震では火事が一番怖い、厨房の火をすぐに落とすんだ！　それと捕縛した貴族たちだが……」

老公が言う前に、王女の指示でツバキたちが拘束した貴族たちを解放していく。

セレスティア王女は老公に頷くと、解放した貴族たちに言った。

「あなたたちの罪は重い。――ですが、ここで避難誘導や人命救助に進んで手を貸すなら、私から罪の減免を申し出ましょう。ここは一人でも多くの人の協力が必要です！」

貴族たちは渋々ながらも、王女の指示に従って動き始める。

ゼップ子爵は捕縛されたまま、騎士団に連れられていった。

老公が王女に尋ねる。

「それで、殿下はどうなされる？」

王女はスーニアやクレハたちと目を見合わせると、老公に答えた。

「巫女のスーニアなら地霊を鎮めることができるかもしれません。私たちは霊山に向かいます！」

そして王女は山間部の方向に目をやる。

リオン……そちらはどうなっているの？

スーニアを連れていくから、それまでなんとか堪えて！

小さな地震が頻発する中、セレスティア王女たちは地霊を鎮めるため霊山へと急ぐ。

第四章 × 地霊エススの降臨

Chapter 04

地震が起こる少し前。ドルイドの聖域――

リオンは、契約主であるアインに、族長を殺すよう命じられていた。

族長が恐怖の眼差《まなざ》しでリオンを見る。

リオンは族長に目で頷《うなず》くと――すかさず、後ろ手でアインに向かってナイフを投げた。

「うっ⁉」

アインが思わず声を漏《も》らす。

これ以上はないというタイミングの不意打ちだったが、アインはやはり奇妙な動きでナイフを躱《かわ》した。そして、顔を思いきり歪《ゆが》め、リオンを指差す。

「て、てめえ！　せっかくオレが挽回の機会をやったってのによお！　もういい――死ね！」

リオンの胸から繋《つな》がっている鎖が鈍く輝き、契約魔法が発動した。

「リ、リオン君！」

族長が悲痛な声を上げ、アインがにたりと口元を上げる。だが――

しばらく経《た》っても、リオンには何も起こらない。アインが困惑の表情で声を上げた。

「な、なぜ何も起こらない！　魔法は発動したはずなのに……なんでだ⁉」

リオンはアインに振り返ると、ゆっくりと胸元《むなもと》から何かを取り出す。

アインだけでなく、族長も、不可解そうな表情で目をやった。

リオンが取り出したのは――紙で作られた人形。

人の形に切られた紙の中央には、王国では見られない奇妙な文字が書かれていた。

人形の頭は無残に引き千切られている。

その意味が分かったのだろう、アインが目を見開いた。

リオンが人形を見せながら言う。

「気づいたようだな。これは身代わり人形――俺《おれ》の代わりにこの人形が契約を結んだんだ」

その証拠に、契約の鎖はその人形から繫がっていた。

契約違反によって処罰が下されたため、アインと人形の間に結ばれた契約が解除された。鎖がずぶずぶと腐り落ち、やがて消えていく。

族長も信じられないという表情で口にした。

「そ、そんなものがあるとは……独自の魔術体系か……！」

すべてが終わると、身代わりを果たした紙人形が燃え上がり、灰になって消えていった。

リオンは心の中で、育ての父に感謝の念を送る。

……ありがとう、シオネル。身代わりは成功したよ。

精霊王の異名を持つシオネルは東方の古代魔術にも詳しい。リオンが使ったのは、〈陰陽術〉という魔術体系の〈式札〉という呪法《じゅほう》を用いた代理契約だった。

アインが怒りに震えながら声を上げる。

「くっそおおお！　この契約魔法はすげえ術者が編み上げたものなんだぞ⁉　それをあっさりと無効にしやがって……この化け物がっ！」

アインが殺意を漲《みなぎ》らせ、リオンを睨《にら》みつけてくる。

リオンは族長に小声で言った。

「これから戦闘になります。族長は迂回して聖木に近づき、周りの遺体を片付けてください。地霊の目覚めをなんとか阻止しましょう！」

「分かった……リオン君も気をつけて！」

族長は頷くと、そろそろと背後へと下がっていく。

アインはそれに気づいたようだが、族長を無視して、リオンと対峙《たいじ》した。

それほど怒り心頭なのだろう。

アインは歪んだ笑みを浮かべると、口を開いた。

「言っとくが、オレの目的は地霊の覚醒《かくせい》じゃねえ。本当の目的は――お前の確保だ」

……俺の確保……？

リオンは表情を変えないまま、考えを巡らせる。

俺を拉致するのが黒幕の目的……？　ティアを誘拐するなら分かるが……なぜ俺なんだ？

まさか……俺の正体に気づいた？　いや、それならもっと直接的な方法があるはずだ。

なにか別の目的で、俺を狙《ねら》っていると考えた方がいい……

そこまで考えたところで、アインが続けた。

「とりあえずよお、頭さえ残ってればいいってことだからさあ……」

アインがナイフを何本も袖《そで》から取り出し、両手いっぱいに構える。

にたりと笑うと、アインが告げた。

「たまには——本気でやらせてもらうぜ！」

アインがすかさずナイフを投げる。リオンがナイフの軌跡を目で追う。

奇妙な能力を持つ用心棒アインと、〈起源の紋章〉を受け継ぐリオン。

二人の強者が、ドルイドの聖域を舞台に戦闘を開始する。

＊＊＊

何本ものナイフが、高速でリオンに迫る。

リオンは余裕を持ってナイフを避けたつもりだったが——

……ん！

やはり間近でナイフの軌道が変わり、リオンを追ってきた。

その上、いつの間にか、アインが至近距離まで近づいている。

どういう仕掛けだ……⁉

アインがさも楽しそうに声を上げた。

「ぎゃはははは！　オレの能力が分からなくて焦《あせ》っているんだろう？　見破ってみろよ！　ま、分かる前にてめえは死ぬがな！」

リオンは接近してきたアインにすかさず掌底《しょうてい》を放つが――その掌《てのひら》は空を切る。

打撃が当たる寸前、目の前からアインが消えていた。

その代わり、どこから飛んできたのか分からないナイフが、リオンの腕を傷つける。

く……どうなっている！

リオンが後方へと跳び、着地した瞬間――驚いたことに地面からナイフが飛んできた。

地面から⁉

辛《かろ》うじて避けたところを、今度はアインが背後から、ナイフによる連続刺突を放ってくる。

アインはナイフ投げだけでなく、ナイフを用いた近接戦闘術も身につけているのだ。

反撃しようとするとアインは消え、代わりに大量のナイフが飛んでくる。

消えたと思ったら、またナイフか！

リオンは飛んできたナイフを摑《つか》み取ると、目の端に捉《とら》えたアイン目掛けて連続して投げた。

二本のナイフをダミーにしてアインを誘導し、彼の予想進路に、三本目のナイフを投げておいた。普通の人間なら絶対に避けられないタイミングである。

だが、ナイフはアインに当たった瞬間――彼の体をすり抜けていった。

以前も見た、奇妙な回避技である。

アインが叫んだ。

「あっぶねえええっ！　ナイフを投げ返すだけでも普通じゃねーのに、今度は予想位置に投げやがったな⁉　ほっんとに恐ろしい奴《やつ》だぜ！」

その隙《すき》にリオンは、ナイフの包囲網をくぐり抜け、後ろに跳んで距離を取った。

ナイフが掠《かす》め、切り傷を負った腕が熱を帯びてくる。リオンは腕にぐっと力を込めて、わざと血を出したあと、筋肉を締めて止血した。

その様子を見て、アインが半ば呆《あき》れたように口にする。

「なんだよ、ナイフの毒に気づいてやがったのか。……そんな程度で、どうにかできる毒じゃないんだがなあ？」

アインのナイフに、何か塗られていることは分かっていた。

そして、その何かが、おそらく毒だということもリオンは承知していた。

だからこそ、傷を負わないよう避けていたはずなのだが、アインの力量は、リオンの予想を上回っていたのだ。

腕を動かし、毒が体に回っていないことを確かめると、リオンは改めてアインと対峙する。

にたにた笑いを浮かべたアインは、また袖からナイフを取り出し、両手に構えた。

リオンは今までの戦闘を思い起こし、目まぐるしい速度で考える。

ナイフの軌道を変え、瞬時に移動し、物体をすり抜ける――

一見、三つの能力を持っているように見えるが、そこまで複雑な異能とは考えにくい。

おそらく奴の能力は――

よし……確かめてみるか！

リオンは視線を外して、アインの意識を一瞬逸《そ》らすと――あっさりと彼の懐《ふところ》に潜り込んだ。

高速歩法術〈瞬脚〉である。極めた〈瞬脚〉は、ほとんど瞬間移動なのだ。

「な⁉」

アインが驚愕《きょうがく》の表情で短い声を出したが、到底逃げられる間合いではない。

リオンは間髪入れず、ゼロ距離で掌底を繰り出した。だが、やはりその拳《こぶし》は空を切る。

打撃が当たる寸前、アインが消えたのだ。

背後からアインの声が聞こえる。

「おいおい！　なんだ今のは⁉　瞬間移動かよ！」

空を切った自分の拳を見て、リオンは確信を深めた。

やはりな……

もし物体をすり抜ける能力があるなら、打撃を避けて移動する必要はない。

つまり、アインは物体透過能力を持っているわけではない。そう見えるだけだ。

そこまで考えたところで、リオンは、今しがたアインが立っていた地面に目をやる。

地面に、移動の痕跡は見つからなかった。

〈瞬脚〉でも、物理移動である限り、わずかな痕跡は残る。

まったく痕跡が残っていないということは……

リオンは振り返って、アインに目をやる。

そう結論せざるを得なかった。

アインは――動いていない。

にやにやしながら、アインが口を開いた。

「どうした？　オレの能力が分からなくて混乱してるのか？　てめえには一生分から――」

アインの言葉が終わる前に、リオンが告げる。

「お前の能力は〈交換〉――物と物を入れ替える能力だ」

アインの顔からすとんと表情が消え、無表情になった。

リオンが続ける。

「お前は、ナイフの軌道を変えているんじゃない。投げたナイフと、これから投げるナイフを入れ替えているんだ。だから途中で軌道が変わったように見える。瞬時に移動できるのも、お前自身と物を入れ替えているにすぎない。大方、転がっている石や木切れと入れ替わっているんだろう？　よくできた手品だ」

アインの表情が一転して険しくなっていく。

「なぜ、ナイフがすり抜けるのか疑問に思っていたが……これも、お前自身と当たる直前のナイフを入れ替えているのだと分かれば謎《なぞ》は解ける。瞬時に入れ替えが起こるので、ナイフがお前をすり抜けたように見えるだけだ」

リオンが答えを言うと、アインは一瞬悔しそうに顔を歪ませた。

だが、すぐにアインはふっと息をつくと、いつものにたにた笑いを浮かべる。

片方の眉《まゆ》を上げて言った。

「……で？　それでええ⁉　確かにオレの能力は交換だ。見破ったのは大したもんだぜ！　だがな……だからといって、オレに勝てるわけじゃねえんだよ！」

アインは両腕を広げると、戦闘の舞台となっている平原を見渡す。

「ぎゃははは！　むしろ、てめえは袋のネズミだぜ？　分からねーとは思うがな！」

リオンは周りを見回した。

戦闘を開始した地点から、かなり離れている。

リオンは平然と答えた。

「お前がこの平原に俺を誘導したことを言っているのか？　そんなことに気づかないと思った

か？　おそらくお前の交換能力は、お前が触れた物同士を交換する能力だ。触れておかない限り、交換能力は発動しない。つまり――」

リオンが目を細めてアインを見る。

「この平原に、お前が触れた物がいくつも隠されているんだろう？」

図星を突かれ、アインの顔が見る間に怒りで染まっていく。

アインは戦闘態勢に入ると、叫ぶように言った。

「だ・か・らあああ！　何度も言ってんだろーが！　それが分かったところで、オレの〈取り替え子《チェンジリング》〉には対処のしようがねーんだよ！　避けられるもんなら――避けてみなあっ！」

アインの能力が発動する。

その瞬間、リオンに向かって、あらゆるところからナイフが迫り、交換能力を使った瞬間移動でアインが至るところに出現した。

ナイフもこの草原に大量に隠しておいたのだろう。飛んでくるナイフの数は瞬く間に増え、数え切れないほどのナイフがリオンに押し寄せてきた。

リオンは最小限の動きでナイフを避けるが、次第に服が切れ、腕や足、頬《ほお》に傷を負い、血が滲《にじ》んでいく。出現し、攻撃を加えては消えるというヒット・アンド・アウェイ戦法を取るアインに対しても、リオンは最低限の抵抗しかしなかった。

その様子を見て、もう諦《あきら》めたと思ったのか、アインが下卑《げび》た笑い声を上げる。

「ぎゃははははは！　弱ええっ！　てめえはもうおしまいだ！　ナイフを体中に刺して、針鼠《はりねずみ》みたいにして殺してやんよ！」

縦横無尽の猛攻に、為《な》す術《すべ》なく立ちすくむリオン。

だが――霧が晴れ、陽《ひ》が草原を照らしたとき、アインはようやく気がついた。

「……あ？　な……なんだあ……？」

草原に巨大な影が落ちている。

その影の形から見るに、球状の大きな物体が空にあるのだ。

アインがふと立ち止まり、空を見上げる。そこにあったものは――

目を見開き、息を呑《の》み込むと、アインが驚愕の表情で声を上げた。

「な……な！　なんだありゃあああああああああっ!?」

リオンは、アインを見据えて静かに答える。

「お前が知る必要はない。お前の能力など、片目で充分だ」

上空に浮いているもの、それは明らかに――目。

人の目を模した、渦巻き状の瞳《ひとみ》を持つ目が、戦場をじっと見下ろしていた。

天から地上を睥睨《へいげい》する巨大な目。

それは〈神器〉――〈暗躍王ダナンの鑑定眼〉である。

〈鑑定眼〉は相手の能力を解析し、模倣《もほう》することができる非常に珍しい守勢神器である。

暗躍王の異名を持つダナンは、敵の真意を見抜き、他国の動向を予見する稀有な能力を持っていた。その力を具現化したものが、この〈鑑定眼〉である。

本来、〈鑑定眼〉は両の目を見開き、事象を事細かに分析するが、今回のような小規模の能力分析においては、片方の目だけでも充分すぎるほどだった。

リオンは、アインの猛攻に反撃できなかったのではない。

攻撃を受けながら、能力を分析していたのだ。

おそらく何かまずいと直感したのだろう、アインが焦った顔で叫ぶ。

「あ、あれはてめえが操《あやつ》ってんのか⁉　気味の悪い力を使いやがって！　なんだか知らんが、一気に決めさせてもらうぜ！」

アインの手元に槍《やり》や鎖鎌が出現した。彼はナイフだけでなく、他《ほか》の武器や暗器も平原に隠していたのだ。

「オラオラオラオラオラオラオラアアァッ！」

〈取り替え子《チェンジリング》〉能力で瞬間移動しながら、アインは、リオンに向けてありったけの武器、あらん限りの暗器を放つ。それぞれの武器が軌道を変え、変則的な動きでリオンに迫った。

変幻自在に軌道を変える大量の武器が、リオンを取り囲む。

捌《さば》くことなど到底不可能だった。だが――

武器がリオンに到達する直前、あろうことか、リオンはすうと目を閉じる。

長い息を吐くと、頭の中に声が響いた。

『対象能力〈取り替え子《チェンジリング》〉――解析完了』

育ての親の一人であるダナンの声を模した声を聞き、リオンは思わず笑みを零《こぼ》す。

ダナンに感謝の念を送ると、口を開いた。

「模倣空間――展開」

その瞬間、草原に赤い線が走り、複雑に交差しながら、地面を埋め尽くしていく。

見る者が見れば、その線の一本一本が、高密度に圧縮された何らかの言語だと分かっただろう。

だが、そういった卓越した者たちでも、その言語を読み解くことはできない。どういう文法に則《のっと》っているのか、それぞれの語が何を意味しているのか、分かる者など存在しないのだ。

それはリオンも同様である。

言語体系は不可知。動作原理は理不尽。

だが、その言語が物理現象に介入し、魔法や能力を模倣するという結果をもたらすことだけは確かなことだった。

つまり、それは言語というより、ある種の呪《のろ》いである。

すなわち空間に呪いをかけたのだ。

再び、ダナンの声が頭に響く。

『〈取り替え子《チェンジリング》〉──発動』

赤い線が一瞬輝くと、地面に溶けるように消えていった。

その刹那《せつな》、リオンはすべてを理解する。

まるで最初から知っていたように、生まれたときから分かっていたように理解した。

能力の作用機序でも発動法則でもなく、ただ、どうすればその能力を使えるか、一から十まで分かったのである。

左右から、前後から、上下から、あらゆる角度から、大量の武器がリオンに迫り来る。

数瞬後には、リオンは針鼠のようになっているはずだった。

アインが勝利を確信して叫ぶ。

「これで、終わりだあああぁっ！」

だが──

「…………へ？」

アインが思わず間抜けな声を出した。

なぜなら、リオンに迫っていたはずの武器が、なぜか、周囲の地面に突き刺さっていたからである。そして何本かのナイフは、リオンの手の中にあった。

「……は？　え？　……はあああああ⁉」

アインがたじろぐ。

リオンが目を開けると――いつの間にか背後に移動していた巨大な目も、ゆっくりと目を開けた。

大きな目に見据えられ、アインが喉《のど》の奥で声を漏らす。

リオンが静かに告げた。

「お前の能力〈取り替え子《チエンジリング》〉は完全に理解した。――もう勝ち目はないぞ？」

アインが怒りに顔を歪め、絞り出すように声を上げる。

「ふ……ふ……！　ふざけるなあああ！　なにが理解しただ！　分かったからって――」

そこでアインは言葉を詰まらせた。

なぜなら、リオンが、背中が触れるくらいの距離にいたからである。

「っ⁉」

弾《はじ》かれたように距離を取るアインに、リオンは言った。

「触れた物同士を交換する能力……つまり短距離転移のようなものだな。……どうした。何を驚いている？　言っただろう、お前の能力は完全に理解したと。この平原に誘導されていると気づいたときから、俺は触れた小石をあちこちにばら撒《ま》いてきた。だから――」

そう口にしながら、リオンは次々に小石と入れ替わり、平原を自由に転移してみせる。

アインが息を呑み、その顔が蒼白《そうはく》になっていった。

「お前ができることは俺にもできる。理解したか？」

「この……化け物がああああああああぁっ！」

叫び声を上げながら、アインが猛攻を仕掛けてくる。

だが、平原を自由に転移できるリオンを捉えることなど不可能だった。

もっともそれはアインも同様だったが、アインの転移先には、なぜかリオンが投げたナイフが必ず飛んできた。

いくら転移しても正確に攻撃してくるリオンに、アインは焦りを募らせる。

「な、なぜだ！　なぜオレの転移先が分かる⁉」

リオンは事もなげに言った。

「お前は交換する物に意識を向けすぎている。俺はそういった気配には敏感なんだ。転移先をわざわざ教えているようなものだぞ？」

これ以上はないくらい顔を怒りに歪ませ、アインが叫ぶ。

「うるせんだよおおおお！　死ねやあああああっ！」

叫んだ途端、リオンの直上に巨大な石塊《いしくれ》が出現した。事前に準備しておいた石塊だろうが、もはやそんな物を避ける必要もなかった。

「では、そろそろ決着をつけよう」

そうリオンが言った瞬間――

「ぐふう！」

アインが体をくの字に曲げて吹っ飛んだ。猛烈な勢いで地面に衝突し、何度も跳ねながら転がると、しばらくしてようやく止まった。

リオンがアインの目前に出現し、強烈な掌底をお見舞いしたのである。

呻《うめ》き声を上げ、アインは吐瀉物《としゃぶつ》をまき散らした。

攻撃されたのだとようやく気づいたのか、アインは体を震わせながらもすぐに転移する。

だが、転移した先にも、やはりリオンがいた。

「な……!?」

転移で逃げようとしても、どうしても逃げ切れない。

今度は豪快な回し蹴《げ》りが炸裂《さくれつ》し、吹っ飛んだアインは一直線に木の幹に激突した。人体がひしゃげる恐ろしい音が響き、アインは糸の切れた操り人形のように地面に倒れ落ちていく。

がくがくと痙攣《けいれん》し、大量の血を吐きながら、アインが叫んだ。

「な……なぜだ……！　なぜ俺の転移先にお前が先回りできる!?」

リオンは、アインの服を指差し、簡単に種明かしをした。

「お前の服に草の実が付いているだろう？　その実は俺が付けたものだ。俺はいつでもその実と入れ替わり、お前のすぐ側《そば》に転移することができる」

アインが信じられないという顔で自分の服を見回す。確かに、トゲのある種が服のそこかしこに付いていた。しかも大量に。

アインは唸《うな》り声を零すと、慌《あわ》てて上着を脱ぎ捨てた。

顔を強烈に歪め、もはや戦意を喪失したような諦めの表情で言う。

「ぐぐ……もう認めるしかねえ……お前を殺すのは無理だ……！　だが、それじゃあオレの気が収まらねえ！　こうなったら、あいつだけでも道連れに！」

その瞬間、アインが消え、同じ場所に騎士の死体が出現した。

聖木付近で殺した騎士と入れ替わったのである。

アインは族長だけでも殺そうと考えたのだ。

リオンが独り言のように言う。

「そんなことを、俺が許すと思うのか？」

リオンは小さく息をつくと、すかさず能力を使う。そして——

「ぐっ！　うぐう！　がはっ！」

目の前でナイフを振りかざしているアインに、必殺の掌底三連撃を繰り出した。

顎《あご》、喉、鳩尾《みぞおち》と、正確に急所を突いた攻撃に、アインが目を見開いてぐらりと揺れる。

わけが分からないという顔をしているアインに、リオンは告げた。

「俺は族長に触れている。族長と入れ替われることくらい、お前にも分かるだろう？」

アインが騎士と入れ替わったように、リオンも族長と入れ替わったのである。

族長はいまごろ、草原で右往左往していることだろう。

アインはぱくぱくと口を開いたが、その口からもう言葉は出なかった。
二、三歩後ずさりすると、そのまま後ろにどうと倒れ、やがて動かなくなった。
リオンがふうと息をつくと、背後に浮いていた〈暗躍王ダナンの鑑定眼〉が光の粒子となって消えていく。

こうしてリオンは、〈取り替え子《チェンジリング》〉能力を持つアインを、完膚なきまでに叩《たた》きのめしたのである。


「リ、リオン君！　私は一体――――！」

「族長、こちらです！」

さすがは森に生きるドルイドの長である。方向感覚に優れた族長は、転移させられた後、すぐに聖木の方向へと戻り、無事にリオンと合流した。

聖木の周りの遺体はほぼ片付けが終わり、残っているのは瀕死《ひんし》のアインだけである。

背後にいる黒幕を吐かせるため、リオンはアインを殺してはいなかった。

族長が倒れたアインを見て、声を上げる。

「あの男を倒したのか！　さすがはリオン君だ！」

「いえ、少し手間取りました。それで地霊の方はどうですか？」

族長が力強く頷いた。

「ああ、幸い聖木に穢《けが》れた血は回っていなくてね。清めの儀式を行えば、なんとか怒りを買わずに済むはずだ。さっそく儀式を……あ！」

言葉の途中で族長が声を上げる。振り向くと、アインが起き上がり、聖木へと走っていた。

リオンが一瞬虚を突かれる。

「何をする気だ⁉」リオンの言葉を無視し、アインは聖木にしがみつくと——自分の喉をナイフでかっ切った。噴水のように飛び散る血が、見る間に聖木を穢していく。

「ひいっ！」

族長が思わず悲鳴を上げた。

リオンはすかさずアインを引き離そうとしたが、いつの間にか、アインの腕が聖木と一体化していて引き剝《は》がすことができない。

腕を切り落とそうと抜剣したリオンだったが、アインの体は見る間に聖木に吸い込まれていく。聖木とアインが入れ替わっていくのだ。

しまった！

思わぬ事態に、リオンは奥歯を嚙《か》み締める。

聖木にずぶずぶと入り込みながら、アインが叫んだ。

「ぎひゃひゃひゃ！　ざまあひろ！　この勝負、最後はオレの！　オレの……かち……」

そこまで口にしたところで、アインの顔までが幹に埋まり、代わりに人の形をした木材が押し出されてきた。アインは聖木の一部と入れ替わり、ついに絶命したのである。

「な……なんてことを……！」

族長が震える声で言うと、力が抜けたのか、すとん尻餅《しりもち》をついた。

突然の事態に、リオンは目まぐるしい速度で考える。

どうする⁉　もう一度〈暗躍王ダナンの鑑定眼〉を顕現《けんげん》し、入れ替え能力を使うか⁉

しかし、すぐにリオンは内心で首を振った。

いや……入れ替え能力を使っても、聖木を元には戻せない。幹にできた空洞に、木材を押し込むだけだ。

ならば、一旦《いったん》切断して接ぎ木した方が、まだ可能性はある！

リオンはすぐさま族長に問うた。

「族長！　聖木の一部を切り取っても大丈夫ですか⁉　死体と一体化した部分を取り除くのです！　いずれにせよ、このままにしておくわけにはいかないでしょう！」

族長はリオンの提案に驚いたような表情を見せたあと、目を固く閉じ、唸り声を上げる。

それはそうだろう、この聖木はドルイドの民が長きにわたって守ってきた民族の象徴である。

その象徴を切断するなど不遜の極み、言語道断だった。

だが――族長も充分理解していた。

このまま、聖木の中に死体を残すことなどできはしない。

どのような障りがあるか分からないし、捨て置くことこそ不敬な行いなのだ。

絶対に、この状態を放置してはいけない。

もはや時間の猶予はなかった。リオンは族長に決断を促す。

「何千年も生きてきた聖木です。その生命力は計り知れません。きっとうまくいきます！　いえ……俺が必ずうまくやります！」

その言葉を聞いて、族長は一度顔をぐしゃりと歪めると、苦渋の決断をした。

「……分かった。聖木の生命力に賭《か》けよう！　だがうまくいかなくても、リオン君にその責はない。もし聖木に何かあれば、すべて族長である私の責任だ！　頼む……成功させてくれ！」

リオンは族長に頷くと、剣を鞘《さや》に戻し、半身に構える。

「委細、お任せください！」

通常、接ぎ木は、幹を斜めに切るなどして接合面を広くする。

だが聖木を斜めに切ってしまっては、支えることができずに木が倒れてしまうだろう。留めておけるベルトやロープはないのだ。

だから――

リオンは深く息を吐くと、静かに吸い込む。

幹の上部と下部をくさび形に斬り、間にある死体が入った部分を抜き取る――

それしか――方法はない！

決めてしまえば、リオンの行動は早かった。

腰を落とし、聖木に正対すると――

「ひゅう！」

鋭い呼気とともに抜剣した。

上部をくさび形に斬ると、返す刀で下部も同様に斬る。

斬り終えた瞬間、回し蹴りを放ち、間にある死体の入った部分を蹴り飛ばした。

その途端、巨大な聖木の上部が落ちてきて、下部のくさび形の切り口に衝突する。

聖域全体を揺るがすような大きな衝撃音が響き、枝が激しく揺れ、大量の葉が落ちた。

巨大な聖木がぐらりと揺れる。

族長が祈るような表情で大木を見上げた。

だが、リオンは確信していた。リオンの抜剣術は、剣豪王の異名を持つガイスト直伝の技である。この程度のことができないようでは父に笑われるだろう。

寸分違《たが》わず、幹の上下を同じ形に斬ったのだ。

ガイストの名に懸けて、倒れることなど決してない。

リオンの確信どおり、揺れが収まると、聖木は見事にくさび形の部分で繋がり、倒れることなく屹立《きつりつ》していた。

それどころか、切断面が見る間に塞《ふさ》がっていき、すぐにどこで斬ったのか分からなくなった。

聖木の生命力は尋常ではないのだ。

族長が目を見開き、声を上げる。

「おおおおお！　やったなリオン君！　聖木は無事だ！　穢れた部分はもはや取り除いた！　これで地霊様もきっと――」

だが、族長が言い終わる前に異変が起こった。大地が激しく揺れだしたのだ。

族長が揺れに翻弄《ほんろう》されながら顔を歪める。

「な、なぜ！　地霊様、なぜですか⁉　我々は精一杯やりました！　それでも駄目なのですか⁉　ああ、どうかお慈悲を！」

リオンが周りを見回すと、騎士たちの死体が、揺れる大地に吸い込まれていくのが見えた。

その意味を悟り、リオンは唇を強く噛み締めた。

処置が遅すぎたんだ……地霊様はすでに穢れた血に酔われている……！

もう退避するしかない！

「族長、見てください！　騎士たちの死体が地面に吸い込まれていきます！　すでに手遅れだったのでしょう……ここは危険です！　すぐに退避を！」

「し、しかし！　うわっ！」

もはや立っていられないほどの激しい揺れである。

「摑まってください！　聖域を出ます！」

リオンは族長の肩を抱えるようにして走り出した。

聖域を抜けて森に入った瞬間、全身を圧迫するような騒音が二人を襲った。

逃げていく動物たちの怯《おび》えた鳴き声。木々が擦《こす》れ、枝がざわめく音。そして地の底から聞こえてくる低い唸り声のような音が重なり、森の中は異様な騒音で埋め尽くされていた。

地面が波打ち、まだ根の浅い若い木々から倒れ始める。

見上げると、夜だというのに空は赤黒く染まり、厚い黒雲が垂れ込めていた。

地霊の影響が、この辺り一帯に出始めているのだ。

まさに、天変地異の前触れである。

リオンは焦りを募らせた。

「族長、急ぎましょう！」

「うう……なんということだ……」

族長を引きずるようにして、リオンは森を駆け抜ける。

森の中ほどまで走ったところで、リオンは禍々《まがまが》しい気配を感じて振り向いた。

こ、これは！

その途端――

ギィイイアアアアアオオオオオォッ――

山全体を揺らすような雄叫《おたけ》びが響き渡り、リオンでさえ一瞬動けなくなった。

「ぐぼおおおぉっ！」

族長はくぐもった悲鳴をこぼすと、地面に突っ伏すようにして、胃の中の物をすべて吐き出した。鼓膜が傷ついたのだろう、耳からは血が流れている。

激しく咳《せ》き込みながら、族長が蒼白な顔で言った。

「い、いまのは地霊様の叫び！　なんてことだ……地霊様が目覚めてしまわれた！」

リオンは奥歯を噛み締め、聖域の方向を睨《にら》んだ。

これが地霊！　気配だけで押し潰《つぶ》されそうだ。

ガデスからは温厚な地霊だと聞いていたが、そんな牛易しいものじゃない。

数千年を生きている地霊は、もはや神に近い存在なのだ。

人ごときが敵《かな》う相手ではない！

リオンは焦りを抑え、素早く考えを巡らせた。

このままでは確実にこの地域が壊滅する。いや、もし地霊が移動できるなら、被害はどこまで広がるか分からない。

そうなれば、大勢の民が命を落とすことになるだろう。

リオンは妹のことを思い、拳を固く握り締める。

ティアが悲しむところを見たくない……絶対にここで食い止めなければ！

リオンは内心で強く頷いた。

とにかく、今できることをやろう。森にいる民たちを逃がすのが先だ！

涙を流して混乱する族長に、リオンは大声で言う。

「森にはドルイドの集落があるのですよね⁉　まずは彼らを避難させましょう！　森の外に出て安全な場所に――」

「安全な場所などない！」

族長が悲痛な声で叫んだ。体を震わせながら続ける。

「地霊様が目覚めてしまわれた！　この地はもう滅びる運命にある！　……みんな、すまない……すべては私の責任だ……」

リオンは族長の肩を摑み、強く揺さぶった。

「しっかりしてください！　まだ滅びると決まったわけじゃない！　それにあなたの娘さんがいるでしょう⁉　スーニアさんなら地霊を鎮めることができるかもしれません！」

「……無理だ……娘にそこまでの力は……」

族長が涙ながらに言う。

リオンは言葉を続けた。

「責任というなら、族長！　あなたには最後まで足掻《あが》く責任があります！　諦めるのは、せめてできることをすべてやってからにしてください！　それが、ドルイドの長たるあなたのお役目でしょう⁉　ここで諦めて何もしないなら――あなたは族長失格です！」

族長が息を呑み、リオンを見つめる。

しばらくして、族長は一つ息を吐くと、よろけながらも立ち上がった。

「……すまない……弱気になって……。リオン君の言うとおりだ。私は族長として最後まで諦めんぞ！　協力してくれるか？　リオン君！」

「もちろんです！　まずは民たちの避難を！」

気を取り直した族長を伴い、リオンはドルイドの集落へと向かう。

走りながら、族長が心底感心したように言った。

「やはり君は娘の婿にふさわしい……この件が片付いたらぜひもらってくれたまえ！」

リオンはわずかに笑いながら答える。

「そんな冗談が言えるならもう大丈夫ですね。さあ、行きましょう！」

「……冗談ではないのだがな……」

リオンは族長の言葉を聞き流し、揺れが続く中、森を駆ける。

二人は協力して集落を回り、なんとか民たちを連れ、山を下りることができた。

＊　＊　＊

リオンたちがドルイド民たちを引き連れて山の麓《ふもと》まで下りると、騒然としている街が見えた。

警鐘が鳴り響き、街のあちこちで火の手が上がっている。地震が起こったのは夕食が終わった時間帯ではあったが、まだ火を落としていない家庭も多くあったのだ。

だが消火活動を優先してはいない。延焼を防ぐのみで捨て置くようだ。

余震が続く中、街の人々も避難を始めているようである。

リオンは素早く考えを巡らせた。

消火を優先せずに、手早く民の避難を進めている……これはティアが動いたな？

おそらく、夜会に来ていた貴族たちにも協力させているのだろう。

こんな状況にもかかわらず、リオンは思わず口元を緩めた。

さすがは俺の妹だ！

リオンは事態を把握すると族長に言う。

「荷運び用の馬車を使って民たちを避難させましょう！　街まで下りたら、そこからは徒歩で！　馬車が道を塞いでは避難に支障が出ます！」

族長が頷いた。

「分かった！　――みんな聞いてくれ！　集落ごとに集まって馬車に乗るんだ！　荷物はすべて捨てていい！　とにかく御山からできるだけ離れろ！」

すぐさま集落ごとの長たちが、子どもや女性から馬車に乗せ、出発していく。

森にいた麻薬組織の者たちにも一緒に来るよう言ったが、彼らは散り散りに逃げてしまった。

残念だが、もう探している時間はない。

山の奥からは時折、地霊のものらしい唸り声が響いてきた。その度に激しい揺れが起こる。

おそらく、まだ完全に覚醒していないのだろう。地霊を鎮めるなら、今しか機会がなかった。

族長が焦りの表情で声を上げる。

「スーニアはまだか⁉」

リオンは確信を持って答えた。

「大丈夫です。俺の仲間が必ず娘さんを連れてきます！」

そう言い切ったとき、遠くから声が聞こえてきた。

「「「主様あああっ！」」」

斥候《せっこう》として先行していたのだろう、三人の侍女たちが全速力で駆けてきた。彼女たちは今にも泣き出しそうな、でも嬉《うれ》しくて仕方がないような、そんな複雑な表情を浮かべていた。

リオンの前で立ち止まると思いきや、モミジがそのままリオンの胸に飛び込んできた。

顔を擦りつけながら、感極まった声で言う。

「……主様……主様……主様……！」

カエデがすぐさま続いた。

「あー！　モミジだけずるい！　ボクもー！　主様ああっ！」

「お、おい！」

リオンの言葉を無視して、カエデが絶対離さないという力で右から抱きつく。

族長が目を丸くして、その様子を見ていた。

リオンの前で立ち止まったのはツバキだけである。彼女は直立し、唇を噛み締めながら、涙が溜《た》まった目でリオンを見つめていた。

瞬《まばた》きをしただけで、涙が溢《あふ》れてしまいそうである。

リオンはそんなツバキを見て一つ息を吐くと、左手を差し出した。

「ツバキもおいで」

おそらく彼女たちは、リオンが与えた任務を全力でこなしてきたのだ。そんな彼女たちに報いるのが、不本意ながら三人の主になってしまった自分の役目だろうとリオンは思う。

ツバキは顔をくしゃりとさせ、リオンの左手をおずおずと握ると、顔を肩口にぎゅっと当ててきた。体を震わせながら、小さな声で一言だけいう。

「……主様……」

肩が熱いもので濡《ぬ》れていく感触がしたが、リオンはそのままツバキの好きにさせた。

しばらくして、リオンは三人に言う。

「任務、ご苦労だった。後でお前たちの活躍を聞かせてくれ。――では待機しろ」

「「「はっ！」」」

まだ物足りないという表情ではあったものの、三人は忠実な配下の顔に戻り、側に控えた。

そこへ、クレハを伴ったセレスティア王女がようやく姿を現した。

クレハに頷き、王女に目をやって、リオンはホッと安堵《あんど》の息を吐く。

数日ぶりに妹の姿を見て、リオンは思わず涙ぐみそうになった。

……そうか……ツバキたちもこんな気持ちだったんだな……

大切な人に会えないというのは、たとえ数日でも、とても辛《つら》いものなのである。

一刻を争う状況ではあったが、リオンは膝《ひざ》をつき、臣下の礼をしてみせた。

「セレスティア様。数日お側を離れましたこと、誠に申し訳ありませんでした」

王女からの声がしばらく掛からないので、リオンは恐る恐る顔を上げる。

「あの……セレスティア様？」

セレスティア王女は、なんとも形容しがたい表情を浮かべてリオンを見ていた。

その表情は複雑すぎて、どういう感情なのかリオンにも判断がつかない。

王女はしばらくリオンを見つめると、ふっと顔を逸らして口を開いた。

「……立ちなさい。話は後よ。早速、状況を擂《す》り合わせましょう」

「はっ！」

リオンは立ち上がると周りを見回す。

「お父様！」『スーニア！　よく無事で……！」

族長と娘のスーニアが、涙を浮かべて再会を喜んでいた。他にも数人の伝令らしき人物が控えている。貴族や騎士団から派遣された者たちだろう。

リオンが族長にセレスティア王女を紹介すると、族長はひどく驚いた。リオンの主は上級貴族だろうと思っていたのに、なんと王国の第三王女だったからである。

族長はすぐさま頭を深々と下げ、娘を助けてくれたことへの感謝を告げた。

正式なお礼は後日ということで、リオンはさっそく王女に聖域での出来事を報告していく。

領主の配下である用心棒アインを倒したこと。

聖域が騎士たちの血で穢されてしまったこと。

そして、穢れのせいで地霊が目覚めてしまったこと――

地霊の目覚めを報告すると、そこにいた全員が息を呑み、それぞれが焦りや恐れ、絶望の表情を浮かべた。軽い揺れが続く中、王女が硬い表情で口を開く。

「そう……やはり地霊が目覚めてしまったのね。このまま避難は続けるにせよ、地霊を何とかしないと大災害に発展しかねない。――スーニア、あなたなら地霊を鎮めることができる？」

巫女《みこ》のスーニアは父である族長に目をやると、勇気を振り絞るようにして頷いた。

「できるかどうか正直なところ分かりません……でも、それができるとしたら、巫女である私以外にはいません！　ですが……」

スーニアは森に目をやり、悲しそうに眉根を寄せる。

「先ほどから森の力を感じないのです。エスス様がお怒りになったことで、木々や草花がひどく怯えているせいでしょう。森からの支援がなければ、ドルイドは力を発揮できません……」

王女は一瞬考えると、すぐに口を開いた。

「森の力が燃料というわけね。なら森の力に似た力があれば、それを利用できる？　例えば――魔力とか？」

スーニアは少し考えた後、小さく首を振る。

「魔力については王国留学中に習いました。確かに、ドルイド魔術に利用することは可能です。ですが、私の体内魔力量はごくわずかなのです。とても、エスス様を鎮められるとは……」

王女が頷いて続けた。

「それなら問題ない。私を燃料として使えばいい。スーニアに魔力を提供するわ」

「いけません！」

リオンはすかさず反対した。

「魔力を放出してしまっては、〈神器〉で御自身を守ることができないでしょう!?　そんな危険な真似《まね》をさせるわけには参りません！」

王女は冷ややかな表情でリオンに問うた。

「ではどうすると言うの？　あなたが地霊を倒すとでも？」

「それは……！」

リオンはぐっと詰まる。

〈神器〉を駆使すれば、地霊を倒せないまでも、弱体化させることはできるだろう。

だが、地霊と敵対してしまえば、この地から豊富な資源が失われる恐れがあった。この地方は地霊が存在することで、豊饒な土地になっているのである。

従って、今回の場合、地霊に大人しく眠ってもらうのが最良の方法なのだ。

リオンは苦い表情で口を開いた。

「……確かに、現状ではその方法が最善です……。では、自分はその間、地霊を抑える役目を担いましょう。……ですが、セレスティア様とスーニアさんの護衛はどうしますか？　儀式を行うには、地霊にかなり接近しなければならないはずです」

「それは私が引き受ける」

リオンは驚きの表情で、声の主に目をやる。

王女の側に控えていたクレハが名乗りを上げたのだ。

「クレハ……お前……」

クレハはリオンを見て、無言で頷く。その決然とした表情を見て、リオンは、クレハが自身の戦闘能力をティアに示したのだと悟った。

クレハは王女に、自分の正体を明かすことを決意したのである。

彼女の覚悟を知り、リオンも頷いてみせた。

「そうか……分かった。クレハが動いてくれるなら何も問題はない。二人を頼むぞ、クレハ」

「任せて――リオン」

クレハとリオンは、王女の前で初めて、お互いを呼び捨てにした。

二人はそれぞれの思いを胸に、しばし見つめ合う。

その親密な空気に割り込むようにして、王女がパンッと手を叩いた。

皆が王女に再び注目する。

「では、方針をまとめましょう。私が魔力を提供し、スーニアさんが地霊を鎮める儀式を行う。その際、私たちの守りはクレハが。そして、地霊を抑え込む役目は、リオン、あなたに任せるわ」

リオンが「承知いたしました！」と答えると、クレハも「かしこまりました」と頭を下げた。

それを聞いて、巫女のスーニアが慌てて声を上げる。

「ちょ、ちょっと待ってください！　地霊様を抑え込むなんて本当にできるんですか⁉　エスス様は神に近い存在、亜神なのですよ？　私にはとても信じられません！」

リオンが答える前に、族長が娘の肩に手を置いた。

「スーニア、大丈夫だ。リオン君ならなんとかしてくれる。彼の強さは、目の当《まあ》たりにした私が保証するよ。彼ならきっと地霊様とも渡り合えるはずだ。私はそう信じる！」

スーニアが目を見開いて、リオンに目をやる。

「……お父様がそこまで言うなんて……そんなに強いの……？」

そんなスーニアの様子を見て、王女が珍しく機嫌の良さそうな顔で言った。

「心配しないで、スーニア。リオンはこう見えて、勇者ジゼル様にも一目置かれている男よ。それになんと言ってもリオンは――」

わずかに誇らしげに続ける。

「第三王女たる私の――専属護衛なのだから」

……ティア……

リオンは思わず涙ぐみそうになり、妹に目をやった。

王女は取り繕《つくろ》うようにして咳払《せきばら》いすると、顔を逸らして指示を続ける。

「と、とにかく！　私たちは聖域に向かいます。族長たちは街に下りて、民の避難に協力してください。伝令は、貴族たちや騎士団にもそう伝えなさい」

王女が伝令たちに目を向けると、彼らはさっそく街へと下りていった。

続いて、彼女はツバキたちにも声を掛ける。

「ツバキたちは族長たちの支援を。この機に乗じて盗みを働く者や、取り乱した者たちは速やかに処理なさい。判断は各自に任せるわ」

リオンがツバキたちに小さく頷くと、彼女たちは深々と頭を下げた。

「「「承知いたしました」」」

王女が皆を静かに見回す。そこにいた全員が、蒼白な顔に不安そうな表情を浮かべていた。

それはそうだろう。相手は地霊、神に近い存在である。皆、怖いのだ。

それでも王女は毅然《きぜん》とした態度を崩さない。それどころか、皆に力を与えようとするかのように、余裕の笑みさえ浮かべていた。

その様子を見て、リオンは改めて思う。

さすがはティアだ。

俺の妹は本当に――王たるにふさわしい。


王女が決意を込めた表情で口を開いた。

「これから地霊を鎮め、大災害を未然に防ぎます。それができるのは私たちだけです。皆の協力を切に望みます。では――始めましょう！」

それぞれが、自分の役目を果たすため散開していく。

リオンは王女の傍《かたわ》らに立つと、聖域の方向を睨んだ。

それに釣られるように、セレスティア王女、クレハ、巫女スーニアの三人も、聖域の方に目を向ける。

王女が、クレハとスーニアの手を元気づけるように握った。二人は王女を見ると、強張《こわば》った顔に無理矢理笑みを浮かべ、その手を握り返す。

リオンはその様子を見て、こんな時にもかかわらず、口元を緩めた。

……みんな心配するな。いざとなれば俺がなんとかしよう。

亜神とはいえ、元は魔物。父さんたちの力を借りれば、必ず調伏できるはずだ。

リオンは決意も新たに一つ息を吐く。

相手は地霊エスス。悠久《ゆうきゅう》の時を生き永らえた神に近い存在。

立ち向かうは三人の乙女《おとめ》と、王女の専属護衛リオン。

セレスティア王女が皆を鼓舞するように言う。

「さあ行きましょう、聖域へ！」

皆が頷くと、森の方向へと一歩足を踏み出した――

激しい揺れが続く中、地霊エススを鎮めるため、四人は行動を開始する。

＊＊＊

そのころ魔境の最奥、墓所では――

大広間に王霊たちが集まり、騒然となっていた。

皆、王国南部で起こっている異変に気づいたのである。

王霊たちのまとめ役でもある精霊王シオネルが口を開いた。

『皆も気づいているとおり、南部地方で異変が起こっている。おそらく、ガデスが言っていた地霊が覚醒したんだろうね……面倒なことになったよ』

皆が巌窟王《がんくつおう》ガデスに目を向けると、ガデスはむうと渋面《じゅうめん》を作った。

『……リィ坊の奴、何かやらかしたのか……？』

すぐさま守護王ウェルナーが反論する。

『そんなわけないでしょう！　リオン坊がわざわざ地霊を目覚めさせるわけがない！　大方、地霊の力を利用しようとした輩《やから》がいたんですよ。きっとリオン坊はいまごろ、地霊を鎮めようと奮闘しているはずです！』

ウェルナーの反論を聞いて、ガデスは声を荒げた。

『んなことは分かってる！　リィ坊が下手を打つはずがねえ！　俺様はただ……心配で……』

何か言おうと思っていた王霊たちも、吸い込んだ息をそのまま長く吐き出した。

誰もがガデスと同じ想《おも》いだからである。皆、我が子を心配しているのだ。

だが、いくら心配しても直接手を貸すことはできない。

それがどうしようもなく、もどかしかった。

広間が静かになったところで、少年のような風貌《ふうぼう》の魔術王ケネーシュが尋ねた。

『ねえ、その地霊って地脈を利用しているんでしょう？　まずくないかな？』

『まずいよ』

珍しく、優男のダナンが答える。ダナンは暗躍王の異名を持つ物静かな王である。

だが、その見識と洞察力は、精霊王シオネルさえ舌を巻くほどであった。

地脈とは、龍脈とも呼ばれる、地中深くを流れる力の奔流のことである。

その力の正体は、大地を循環する生命力の一種だと古代の文献には記されていた。

地脈はときに地上付近を流れ、その力が土地に影響を及ぼすことがある。

そういった土地は聖地や霊場として人々に敬われ、また同時に恐れられることもあった。

ドルイドの霊山もそうだが、ここ魔境の墓所もそのような土地である。

つまり、墓所は地脈の上にあるのだ。

王霊たちが南部の異変にいち早く気づいたのも、霊山と墓所が地脈で繋がっているからである。

シオネルが憂い顔で続けた。

『おそらく、その魔物は地脈との相性が良かったんだろう。普通なら、力に耐えきれずに自滅するはずだからね。その地霊は今も地脈と繋がっていると考えられる。だとしたら……』

『あの子が危険』

ダナンがぽつりと言うのに、シオネルも心配そうに答えた。

『ああ。地霊エススは、相当厄介《やっかい》な敵として、あの子の前に立ち塞がるだろうね……』

その意味を悟り、王霊たちが表情を硬くする。

地脈は生命力の源泉である。その源泉から、力を取り込み続けることができるとしたら、地霊エススは、かつてないほどの強敵になるかもしれなかった。

大広間にしばしの沈黙が流れる。その沈黙を破るように、ガデスが声を上げた。

『リ、リィ坊なら心配ねえさ！　俺様の大槌《おおづち》を使ってくれりゃあ、エススなんぞイチコロだ！　心配なのは……他の奴らの柔な得物を使うかもしれねーってことだな！』

ぴしりと、広間の空気が凍りついた。

王霊たちが目を細め、ガデスを見る。

最初に、剣豪王ガイストが、ゆっくりと口を開いた。

『……柔な得物というのは、まさか拙《せつ》の神剣のことを言っているのではあるまいな？　あやつが神剣を顕現させれば、地霊なぞ、たちまちなます切りであろうよ』

そこへ、撃滅王デニオンが口を挟む。

『いやいや、リーチから言っても槍一択だろう？　この前も魔槍を使っていたのがいい証拠さ。坊は槍の特性をよく分かってるよ』

魔術王ケネーシュも割り込んだ。

『何言ってるの？　リオンちゃんはボクの宝杖《ほうじょう》を使うに決まってるでしょ！　周囲に被害を出さずに地霊をやっつけるには、多彩な魔法攻撃を使える宝杖が断然有利だよ！』

そこで、わずかに誇らしそうな表情で暗躍王ダナンがつぶやく。

『僕の目はもう使われた。たぶん、あの子はまた使う』

それから守勢神器勢も加わり、王霊たちは口角泡を飛ばしながら、自分の力がどれほどリオンの役に立つかを主張しあった。

真剣な表情で言い争う稀代《きたい》の英雄たち。

彼らの誰もが、自分の力を我が子に使ってほしいのだ。

ガデスが強硬に主張した。

『いーや！　ここはやはり大槌を使うべきだ！　なにせ俺様はエススと戦ったことがあるからな！　大槌を見せれば、奴は昔の激戦を思い出して震え上がるはずだぜ？』

それを聞いて、ケネーシュが首をひねる。

『そうかなあ？』

ガデスが魔術王を睨んだ。

『ああん？　何か文句があるのか、ケネーシュ？』

ケネーシュが続ける。

『エススはガデスに封じられたことを恨《うら》みに思ってるんじゃないの？　ガデスの武器を見せたら——余計怒りを買う気がするけど？』

しーんと大広間が静まりかえった。

ガデスがぽかーんとした表情でケネーシュを見たかと思うと、その表情が次第に険しくなっていく。息を大きく吸い込むと、ガデスが大声を上げた。

『うわあああああっ！　た、確かにそうかもしれん！　エススの奴、恨みがましい目で俺様を見てたからなあ……俺様、相当恨まれてるぞ。しまった……これはまずい！』

そう言うと、指を組み合わせ、祈るようにする。

『前言撤回！　頼む、リィ坊！　俺様の大槌を使うな！　見せればきっと奴は激怒する！　使うなよ？　俺様の大槌を絶対に使うなよおおおおっ！』

一転して、反対のことを言い出したガデスを見て、王霊たちが呆れ顔で言った。

『なんなの、この王……』『意見ころころ変わりすぎぃ！』『一番嫌われるやつだな！』

そして、王霊たちがそろって声を上げた。

『『『『この無節操妖精《ようせい》め！』』』』

＊　＊　＊

リオンたち一行は、断続的な揺れに翻弄されながら、森を進んでいく。

森の中はひどい有様だった。木々が倒れ、地割れが走り、あちこちで地面が盛り上がり、逃げ遅れた動物たちが先を争うように駆けていく。

山の西側は小規模の土砂崩れが起こったらしく、切り立った崖のようになっていた。リオンたちは改めて、大災害を予感し、焦りを募らせる。

こんな状態の山に分け入るなど正気の沙汰《さた》ではなかったが、聖域まで行かなければ儀式を行うこともできない。とにかく今は聖域にたどり着くことが先決だった。

巫女のスーニアが、わずかながらも森からの支援を受け、ドルイド魔術で道を開いていく。

彼女の魔術がなければ、到底、聖域にはたどり着けそうもなかった。

一行はスーニアを先頭にして、彼女を守るようにリオンが続き、中央にセレスティア王女、殿《しんがり》をクレハが守る布陣である。

ふと、スーニアが立ち止まった。

リオンも周りを見回し、その違和感に気づく。

「もしかして……聖域の結界が破られているのか？」

「……そうみたいです……」

スーニアが蒼白な顔で答えた。

聖域に入るには特定の道順を辿《たど》る必要があったが、今はその機能が失われている。

結界は聖域への侵入を防ぐとともに、聖域の中から森に抜けるのを防ぐための檻《おり》でもあるのだ。

だが、その檻が今は壊れてしまっていた。地霊が目覚めても、簡単には外に出さないためである。

スーニアが震える声で説明する。

「……たぶん、そもそも地霊様を抑えるには結界の強度が足りていなかったんだと思います。

誰も地霊様の力を目の当たりにした人はいませんから……。最初の雄叫びですでに破られていたんでしょう。これで地霊様はすぐにでも森を抜け、街に下りることも……」

弱気になるスーニアに、セレスティア王女が声を掛けた。

「それなら、私たちも聖域に直行できるということよね？　かえって好都合だわ。さあ急ぎましょう！」

「……そ、そうですね……！」

スーニアがわずかに元気を取り戻し、先を急ぐ。

ほどなくして、木々の向こうに巨大な聖木が見えてきた。スーニアが声を上げる。

「そろそろ聖域です！　エスス様を刺激しないよう静かに――」

そこまで言ったところで――

ギィアアアアアアアアアアァォオオオオォォッ！

耳をつんざくような雄叫びが響き渡った。

数瞬後、辺りを凄《すさ》まじい衝撃波が襲い、木々が倒れ、土砂が飛び散り、大地が激しく揺れる。

「姿勢を低くして！　何かに摑まってください！」

リオンが皆を庇《かば》うようにして先頭に立つと声を上げた。

他の三人は耳を押さえながら、それぞれが木の幹に摑まり、しゃがみ込んで衝撃波をやりすごす。激しい揺れが収まり、リオンが真っ先に聖域の方を見上げると、唇を嚙み締めた。

……あれが……そうなのか……！
百戦錬磨のリオンですら、強烈な怖気《おぞけ》に体を震わせる。
三人も顔を上げ、その巨大な存在に気づき、息を呑んだ。
スーニアが震える声で言う。
「……エスス……様……」
初めて見た地霊の姿に、ドルイドの巫女すら戦慄《せんりつ》を覚える。
王女とクレハも、目を見開いて、それを見上げた。
森の中からもその姿がはっきりと見える。それほど巨大なのだ。
その巨体は、聖木の前に陣取って、明らかに不機嫌そうに顔を歪ませていた。
上半身は長い髪を振り乱した女性、下半身は鱗《うろこ》に覆われた蛇。
この地で数千年を生き永らえ、地脈の力を吸収して、亜神種へと昇位した蛇の魔物——
それがドルイドの信仰する土地神、地霊エススだった。
長い髪に半ば隠れた瞳は憎悪に赤黒く輝き、大きく開いた口には鋭い牙《きば》が覗《のぞ》いている。
時折、高い擦過音《さつかおん》とともに、長い舌がちろちろと蠢《うごめ》いていた。
まさに異形異類。魔境の最深部にすら、このような魔物は存在しなかった。
リオンが振り返ると、三人とも目に涙を浮かべて、がたがたと震えている。
リオンはすぐに直感した。

まずい！　おそらく奴の姿は恐慌状態を引き起こす！

小動物が本能的に蛇を怖がるように、地霊の姿は、人に根源的な恐怖をもたらすのだ。

リオンは彼女たちの視界を遮《さえぎ》り、声を上げる。

「地霊の姿を見てはいけません！　あれは恐怖を呼び起こします！」

三人がびくりとして、目を覚ましたように瞬きした。その途端、スーニアとセレスティア王女が大きく息を吸い込み、悲鳴を上げようとする。

いま地霊に気づかれるわけにはいかない！

リオンはいち早く正気に戻ったクレハに目配せした。

すぐに理解したクレハが王女の口を、リオンがスーニアの口を塞ぎ、間一髪で悲鳴を止めさせる。そして、互いに身を寄せ合うようにしてしゃがみ込んだ。

王女とスーニアがくぐもった悲鳴を零しながら、体を大きく震わせた。

姿を見ただけで引き起こされる、圧倒的な恐怖に翻弄される王女とスーニア。

二人の恐怖への耐性が低いわけではない。地霊のもたらす恐怖が尋常ではないのだ。

「ティア様、大丈夫です！　クレハが側におります！」

クレハが必死に王女をなだめる。

リオンもスーニアの肩を抱くようにして言い聞かせた。

「落ち着いて！　深く呼吸しましょう！　もう大丈夫。心配ありません！」

「……うう……うううう……！」

しばらくして、ようやく二人は落ち着きを取り戻した。

リオンは皆に指示を出す。

「ここからだと地霊の姿が視界に入ってしまいます。森の奥に下がって、そこから儀式を行いましょう！」

皆が指示に従い、森の奥へと戻った。そこからなら木々に隠れて、地霊の姿は見えない。

セレスティア王女が蒼白な顔で、クレハに寄り添われながら口を開いた。

「はあ、はあ……あれが地霊なのね……見た途端、怖くて動けなくなったわ……なんて情けない……！　クレハやリオンはどうして平気なの？」

魔境育ちのリオンと元暗殺者であるクレハが、互いに目を見合わせる。その様子を見て、王女はすぐに理解したように首を振った。

「いえ……聞いたのが悪かったわね……」

なぜ二人の恐怖耐性が高いのか？　それは二人が今まで、数々の恐怖を味わってきたからである。壮絶な体験こそが、恐怖への耐性を高めるのだ。

スーニアも、まだ息が荒いものの、冷静さを取り戻したようである。

先ほどからリオンにしがみついていたことに気づくと、恥ずかしそうに体を離した。リオンを見つめて口を開く。

「あの……リオンさん、ありがとうございます。ドルイドの巫女にあるまじき醜態を晒《さら》してしまって……」

リオンが首を振った。

「いいえ、仕方のないことです。それよりも、この場所からでも儀式ができますか？」

スーニアは、ドルイドの巫女としての顔に戻り、力強く頷く。

「はい！　ドルイドの巫女は聖木を通して地霊様と交信します。ここまで聖木に近づけば、儀式は可能なはずです！」

続けて王女がスーニアに確認した。

「交信を始めれば、もちろん地霊にも気づかれるのよね？　巫女を攻撃してくることもあり得るの？」

スーニアは硬い表情で答えた。

「……はい。今、地霊様は怒りで我を忘れておられます。お怒りのところに話し掛けるのですから、私のことを煩《わずら》わしいと思われるのは当然です。激しい抵抗があると思います……」

今度はリオンが話を続けた。

「分かりました。予定どおり自分が地霊を抑えます。ですが、他にも地霊からの攻撃があるかもしれません。――クレハ、セレスティア様とスーニアさんの守りを任せていいんだな？」

クレハが、青ざめた顔に無理やり不敵な笑みを浮かべて答える。

「当然でしょう？　私はそのためにここにいるのだから」

その声はわずかに震えていたが、誰もそのことを指摘しなかった。

リオン以外の三人は、まるで寒空の下にいるかのように体を震わせている。

無理もない。皆、凄まじい恐怖に、今にも押し潰されそうなのだ。

リオンはクレハの目をじっと見つめ、そこに一片の迷いもないことを確かめた。

「……分かった。クレハに任せよう」

そして、セレスティア王女とスーニアに向かって約束する。

「クレハならお二人を必ず守ってくれるでしょう。彼女の実力は自分が保証します。ですから、安心して儀式を行ってください！」

王女たちは顔を見合わせて頷き合うと、それぞれに準備を始めた。

スーニアがヤドリギの枝を使って、さっそく簡易的な陣を作っていく。王女と話し合い、二人の立ち位置を決めた。魔力を譲り渡すには体の末端からがもっとも効率がいい。王女はスーニアの背後に立ち、彼女の背中に手を当てて魔力を受け渡すことにした。

一方、クレハは服のあちこちから暗器を取り出し、何かあったときの予備として地面に突き刺していく。

もはや、王女の前で戦闘技能を隠すこともない。実力をすべて出し切らなければ、二人を守ることはできないとクレハにも分かっているのだ。

地霊の唸り声が響き、地面が激しく揺れる。四人は思わず聖域の方を振り返った。

おそらく地霊が動き出したのだろう。もう一刻の猶予もなかった。

リオンは一度抜剣して剣身を確かめると、パチンッと鞘に収める。

セレスティア王女を振り返り、膝をつくと頭を下げた。

「儀式が始まればどうせ地霊に気づかれます。自分はその前に攻勢に出ます」

王女は長く息を吸い込むと、奥歯を噛み締めたような表情で言う。

「分かったわ……見事に務めを果たしてみせなさい」

そして、言い淀《よど》むようにして付け足した。

「……必ず生きて戻るように。これは命令よ。分かった？」

リオンは胸に手を当てると、心を込めて答える。

「セレスティア様のお望みのままに」

妹の顔をしばし見つめた後、スーニアに笑みを向け、クレハに頷いた。そして――

「では――行って参ります！」

リオンは立ち上がると、聖域の方向へと一人走り出す。

すぐに森を抜け、聖域へと踏み込んだ。

侵入者に気づいたのだろう、地霊がぎろりとリオンを睨み、顔を歪ませて威嚇《いかく》する。

『キシャアアアアアアアァ！』

びりびりと空気が震え、辺りに目に見えるほどの濃厚な殺意が満ちていく。

普通の人間なら、この威嚇だけで恐怖に立ちすくみ、戦闘不能に陥《おちい》っただろう。

だが、リオンは巨大な異形を前に、不敵な笑みを浮かべて宣言した。

「地霊エススよ！　覚えておくがいい。俺の名はリオン。お前を――調伏する者だ！」

『ギギギギギギギイイイイッ！』

エススが怒りに髪を逆立たせ、咆哮《ほうこう》する。

リオンが地面を蹴り、距離を詰める。

亜神種たる地霊エススと、〈起源の紋章〉をその身に宿すリオン。

土地の神ｖｓ王霊の子――

大災害の阻止を懸け、再びドルイドの聖域を舞台に、古今未曾有《みぞう》の一騎打ちが幕を開ける。

＊＊＊

まずは小手調べだ……お前の力を見せてもらおう！

リオンはエススの正面まで駆けると、不意に加速してエススに急接近する。

突然、側面に現れたリオンに、エススが驚いたように目を見開いた。

駆け抜けざまに抜剣し、リオンはエススの下半身に神速の初撃を放った。続けてエススの周囲を高速で移動しながら、あらゆる方向から剣撃を浴びせる。

凄まじい剣速に衝撃波が巻き起こり、砂煙が舞い上がった。

中型の魔物程度なら、跡形もなく肉片に化すほどの飽和攻撃である。しかし――

手応《てごた》えが、ない。

リオンは一度後方へと跳んで、油断なく距離を取った。

次第に砂煙が薄れ、エススの姿が現れてくる。その様子を見て、リオンは目を細めた。

先ほどの連続攻撃を受けても、エススの下半身は傷一つついていない。

あの鱗か……！

尾部の表面を覆う無数の鱗が、剣撃を弾き、防いでいるのだ。

さすがに堅い！　下半身を狙うのは得策ではないな……ならば！

エススの前からリオンの姿がかき消える。次の瞬間、リオンは地霊の背後に回っていた。

高速歩法術〈瞬脚〉である。

背中ならどうだ！

すかさず鱗のない上半身を攻撃しようとしたリオンだったが、その剣撃は、うねらせた尻尾《しっぽ》によって弾かれた。背後を見ていないのに、エススが反応したのである。

なに⁉

続いてエススは尾部で輪を作り、リオンを捕らえようとしてきた。輪が閉じる直前に横っ飛びに避け、地面を転がると跳んで距離を取る。

エススがくるりと振り返り、鋭い擦過音とともに長い舌をちろちろと出した。

その様子を見て、リオンはすぐに理解する。

蛇は舌で獲物の熱を感知する。蛇の魔物であるエススにそれができないはずがない。

つまり――地霊エススに死角はないのだ。

さすがは地霊だ。一筋縄ではいかない！

リオンは剣を構え直すと、再びエススと対峙する。

しばしの睨み合いの後、エススが尻尾をバネのように使い、急加速して接近してきた。

リオンが巨体を避けようとすると、エススはぐいと上半身だけを動かして先回りする。安定した尾部があることで可能となる変則的な動きである。

すかさずエススが左右の腕を振るい、鋭い爪《つめ》で攻撃してきた。

今度は爪か！

リオンは左右前後に大きくステップして、爪による波状攻撃を躱していく。ぎりぎりで躱さないのは、エススの長い爪がぬらりと濡れていたからだ。

おそらく毒である。掠るだけで即死するほどの猛毒の可能性があった。

エススは元々蛇の魔物なのだ。蛇の魔物が昇位したとなれば、その毒がどれほど凶悪なものなのか想像に難《かた》くない。

リオンは、爪による連続攻撃を避けながら、エススの尾部に目を向けた。

エススの下半身から続く尾は長く伸び、遙《はる》か向こうの地面に消えている。つまり、尾はまだ地中にあり、どのくらいの長さがあるのか分からないのだ。

リオンは、地中に根のように張り巡らされたエススの尾を想像し、表情を硬くする。いま戦っている聖域一帯、あるいはもっと広大な地域がエススの体の上にあるかもしれないからだ。

地震を起こせるのは、それが理由かもしれないな。

とにかく、儀式が始まる前に一撃与えて、敵意を俺に向けさせなければ！

地霊をこの場に釘付《くぎづ》けにする必要がある！

リオンは毒爪《どくそう》攻撃を躱しつつ、じっと機会を窺《うかが》う。

爪が当たらないことに焦《じ》れたエススが、大振りの攻撃を加えてきた。

その隙を、リオンが見逃すはずがない。

――いま！

エススが腕を戻す動作に合わせ、リオンは手の先に集中的に剣を振るう。

違和感に気づいたのか、エススが戻した自分の手を見て、赤黒い目を見開いた。

爪が――すべて――ない。

エススが地面に目をやると、そこには、鋭い爪の破片が無数に落ちていた。

『ギィアアアアアアァッ⁉』

表情を歪めた地霊を見て、リオンは口の端を上げる。

リオンが放ったその技は、剣豪王ガイスト直伝の剣技――〈武装破壊《アーマーブレイク》〉。

剣であろうが、鎧《よろい》であろうが、はたまた魔物の爪であろうが関係ない。

何合か打ち合えば、リオンは武装の特性を掴み、斬撃で破壊することができるのだ。

地霊エススが憤怒の形相でリオンを睨む。敵意を向けさせることに成功したようだ。

エススが次の攻撃動作に入った直後、体をびくりとさせ、急に動きを止めた。

それを見て、リオンはすぐにその意味を悟る。

……ようやく始まったか！

ドルイドの巫女スーニアによる鎮めの儀式が始まったのだ。

聖木から大地を通して、穏やかな波のようなものが放たれているのを感じる。その心地良い波動はまるで子守歌のようであった。

リオンはエススの様子を見て、認識を改める。

これが鎮めの儀式！　ティアが手伝っていることもあるだろうが、巫女の力を正直侮《あなど》っていたな。

地霊エススが頭を振り、目を瞬かせ、上体をわずかにぐらつかせる。

鎮めの儀式は、文字通り、エススを強制的に眠らせる儀式なのだ。

穏やかな思念を送って地霊の興奮を抑え、徐々に安らかな眠りへと誘っていく。

巨体がゆらゆらと揺れ、怒りに歪んでいた表情が和らいでいった。

すごい……スーニアの力は本物だ！

このまま地霊を封じることができれば……！

だが――

『ギ……ギィ！　キイイイイイインンッ！』

贄《にえ》の血に酔ったエススは激しく抵抗した。

眠気を払うように頭を大きく振ると、奇妙な高い声を上げる。すると、そこかしこの地面に穴が開き、そこから大量の蛇が這《は》い出てきた。

なに⁉

しかも、出てきたのは蛇だけではない。二足歩行の蛇とも蜥蜴《とかげ》ともつかない中型の魔物も次々と現れたのだ。

これは……エススの眷属《けんぞく》か⁉

魔物の上位種には、下位の種族を支配し、自由に操る力を持った種が存在する。

上位の魔物に隷属する種族たちは、眷属と呼ばれた。

地霊エススは、蛇の魔物から亜神に昇位した最高位の存在である。蛇種に属する魔物を眷属にできるのは当然のことだった。

地霊が森の方を指差すと、蛇や魔物たちが一斉に森へと進み始めた。鎮めの儀式を阻止しようというのである。そして――

『ギィアアアアアアアアアァッ！』

エススが耳をつんざくような雄叫びを上げると、聖域のあちこちに地割れが走り、下半身である巨大な蛇の尾が覗いた。大地が大きく揺れ、木々が陥没し始める。

まずい……エススも動き始めたか！

エスス自身も、地中から這い出て森へ向かうつもりなのだ。それほどまでに儀式を煩わしく感じているのだろう。

だが、問題はそれだけではない。

エススの巨体が動くのに合わせて、地震の頻度が増し、規模が大きくなっていくのだ。

リオンはガデスが言っていたことを思い出す。

この地方の地下には地脈が通っている。

おそらく、エススの下半身はこの地域一帯に広がり、地脈に触れているのだ。

エススが動くことで地脈に影響が出て、それがさらなる地震を引き起こしている。

地脈は巨大な力の奔流である。

このままエススが動けば、地脈が暴走する可能性すらあった。

そうなれば、地域の壊滅だけでは済まないだろう。その影響が、地脈を通して大陸中に広がってもおかしくないのだ。

リオンは目まぐるしく考えを巡らせる。

エススは地面を這い出してまで儀式を止めようとしているんだ……つまり儀式の効果は高い！　儀式を続けることさえできれば、エススを穏便に封じられるかもしれない！

だから──

長い尾を引き摺り、地霊エススが森へと移動していく。

そんなエススの前に、リオンは立ち塞がった。

エススが憎悪を込めた目でリオンを睨み、牙を剝《む》き出して威嚇する。

ちらりと背後の森に目をやると、リオンは目前の地霊に意識を集中した。

あちらにはクレハがいる。クレハには、あらゆる戦闘技能を叩き込んであるんだ。

蛇や魔物はクレハに任せておけばいい。

俺がやるべきことは──ここでエススを止めることだ！

リオンは決意も新たに剣を構えると、地霊に告げた。

「お前の相手はこの俺だ。ここから先は──一歩も通さん！」

＊　＊　＊

森の中では巫女スーニアによる鎮めの儀式が始まっていた。

セレスティア王女は彼女の背中に手を当て、魔力を受け渡していく。

王女は体内の魔力を調整し、その純度を上げすぎないよう注意していた。

スーニアが魔力を使いやすくするためである。

ドルイドは森や大地からの支援を受けて魔術を行うが、王女の感覚では、森から感じられる力の波動は、洗練されたものというより、もっと素朴で豊かな要素を含んでいた。

彼女はその力を模倣し、スーニアにとって最適になるよう調整しているのである。

そのような微妙な魔力操作ができるのは、幼いころからのたゆまぬ鍛錬のおかげだった。

……魔力の受け渡しも上手《うま》くいっているようね。

そこで、王女はふと魔力譲渡の訓練を思い出し、わずかに表情を曇らせた。

そうした高度な訓練は、紋章教会の大神官だったグスタフと行っていたからである。

大神官に激しい憎悪を向けられ、深く傷ついた王女だったが、彼が魔力操作の師であることに変わりはない。心の傷はまだ癒《い》えていないものの、彼女は大神官に対して、怒りや失望だけでなく、感謝の念を抱けるほどには回復していた。

道を踏み外したものの、大神官がひたむきな人物であったことは確かなのである。

……いけない……魔力が乱れてしまったわ……

セレスティア王女は頭を振ると、すぐに意識を目の前の巫女へと戻した。

しばらくすると、スーニアの口から、高さの違う二つの旋律が紡《つむ》がれ始めた。

その美しい声に、王女もクレハも息を呑む。

複雑に重なり合った音が周囲の木々を震わせ、大地に染《し》み込んでいく。ドルイドの鎮めの儀式は特殊な音声によって行われるのだ。その澄んだ声は素朴で力強く、慈愛に満ち溢れていた。

セレスティア王女はその声を聴き、儀式の意味を悟る。

これはきっと子守歌だわ……ドルイドは代々こうして地霊を眠らせてきたのね……

スーニアの祈りが、地霊の怒りを鎮め、心地よい微睡《まどろ》みに誘っていく。

彼女の力量を知り、王女とクレハは目を見合わせ、頷き合った。

この調子なら、地霊を鎮めることができそうだわ。被害を出さずに済むかもしれない！

そう思った矢先——

『キイイイイインンッ！』

聖域の方から奇妙な叫び声が響いてきた。

その途端、森の中が急に騒がしくなる。何かがこちらに近づいてきているのだ。

な、なに？　一体、何が⁉

王女がクレハに目をやると、クレハが頷き、手品のように袖からナイフを取り出した。

意外なことに、クレハの顔には何の表情も浮かんでいない。

王女は知る由もなかったが、暗殺者は戦意が高まれば高まるほど無表情になるのだ。

標的を倒すためだけの機械になるよう、厳しく訓練されているからである。

木々がざわめき、前方から大量の何かが迫ってくる。

クレハが王女たちの前に出て、告げた。

「ティア様はそこから決して動かないでください。あとは――このクレハにお任せください！」

木々の向こうから現れたのは、大量の蛇と蜥蜴のような魔物。

スーニアとセレスティア王女が体をびくりとさせ、表情を硬くしたが――出現した途端、蛇はナイフで大地に縫いつけられ、魔物たちは額《ひたい》を貫かれて倒れていった。

え⁉

王女がその光景に目を見張る。

クレハが魔物どもに向け、ナイフを連続投擲《とうてき》しているのだ。

その速度と正確さに、王女たちは息を呑み、圧倒された。

クレハはまるで舞い踊るようにして、魔物たちを次々と倒していく。

王女は、クレハの背後から迫ってくる影を認めると、すかさず声を上げた。

「クレハ、後ろ！」

茂みから蜥蜴の魔物が数体現れ、クレハ目がけて突進してきた。

クレハは慌てずナイフを上空に投げて振り返ると、魔物たちの胸の中心を狙って、強烈な掌底を繰り出す。凄まじい音が響き、魔物たちがぐらりと揺れた。

クレハがくるりと背を向け、落下してきたナイフを摑む。

その途端、蜥蜴の魔物たちが、まるで積み木細工のように次々と倒れていった。

クレハが王女に目で頷くと、次の獲物へと駆け出していく。

王女はその様子を見て、改めて息を呑んだ。

……領主邸での戦いもすごかったけれど、今はその比じゃない……

クレハ……ここまで戦えたのね……！

王女は、クレハの戦闘能力に舌を巻いたが、同時に、彼女をここまで強くしたのがリオンであることを思い出し、改めて身震いする。

リオンの途方もない強さに戦慄を覚えたのだ。

でも――だからこそ――

リオンなら、神に近い存在である地霊とすら対等に渡り合える――王女はそう確信した。

それなら――

セレスティア王女は決意を込めて一人頷く。

私ができることはただ一つ、スーニアを全力で支援することだけ！

彼女は一つ長い息を吐くと、スーニアに大量の魔力を注《そそ》ぎ込む。

スーニアの体が輝き、彼女の祈りの力がどんどん高まっていった。

セレスティア王女はちらりと聖域の方に目をやると、心の中で声を掛けた。

頼んだわよ、リオン。

地霊を絶対に聖域から出さないで！

＊　＊　＊

なんとしても、ここでエススを止める！

エススを足止めするには――あの技が最適だ！

リオンは地霊を前にして、魔力を一瞬だけ最大に高める。

聖域上空に、巨大な光の文様が現れた。

その文様は、王族の誰も授《さず》かったことのない唯一無二の紋章――〈起源の紋章〉である。

紋章の輝きが消えた途端、リオンの背後に、巨大な二つの目が出現した。

ゆっくりとその目が開いていく。

地霊エススが、異様な気配を感じて動きを止めた。

宙空に浮かぶ双眸《そうぼう》こそ、すべてを見通す洞察の目――〈暗躍王ダナンの鑑定眼〉である。

その目が半眼となり、渦巻き状の瞳が覗いた。

聖域全体に赤い複雑な線が急速に広がっていく。線が全域を覆い、地面に溶けるように消えた瞬間、リオンはその技のすべてを理解した。

その技は、巨大な敵を殲滅《せんめつ》する威力を持ち、しかも、特定領域以外に被害を出さない極めて優秀な範囲攻撃技である。

地霊エススを留め置くには、まさにうってつけの技だった。

リオンは一度見た技を決して忘れない。

特に間近で見た技なら、技を出した者の細かい挙動や呼吸の一つ一つ、目線の向け方、魔力の流し方に至るまで、ありとあらゆることを記憶しているのだ。

ゆえに、リオンは〈暗躍王ダナンの鑑定眼〉を併用すれば、特別な個人のみが持つ固有剣技ですら模倣することができる。

「はあああああああぁっ！」

リオンが魔力を練り上げ、瞬時に臨界にまで高めていく。

その瞳が輝き、髪の毛が逆立った。魔力充塡《じゅうてん》完了である。

剣を掲げると、リオンは高らかに宣言した。

その剣技の名は――

「標的、地霊エスス。構えよ――我が剣！」

リオンが告げた途端、地霊エススを囲むように、無数の光の剣が出現した。

現れた剣は高速で回転し始めると、次第に見えなくなり、光の輪のようになっていく。

その奇妙な現象を前に、エススが首をひねるようにした。

そんなエススに向け、リオンはすかさず剣を振り下ろす。

「――抜剣！」

『ッ⁉』

地霊エススが異常を感じてその場から逃れようとしたが――もう遅い。

光の輪から、無数の剣が、エススに向けて凄まじい速度で殺到した。

『ギ！　ギギッ⁉　ギァ！　ギィアアアアアアアァッ！』

光の剣が、躊躇《ちゆうちよ》なく、容赦《ようしや》なく、エススの体を引き裂き、鱗を貫き、肉をえぐる。

エススは光の輪からなんとか逃れようとするが、その輪はエススに追従し、逃げることはできなかった。エススの体から噴き出した青色の血は、見えない壁に阻《はば》まれ、決して周囲には飛び散らない。

すべての事象は隔離された標的空間で起こり、外部には影響しないのだ。

光の剣は標的空間の外に消えると、すぐさま別の方向から現れ、再び敵を斬り刻む。

『ギイイアアアアアアァッ！』

地霊エススの皮膚が切れ、肉が裂け、骨が削れ、瞬く間に満身創痍《そうい》になっていく。

敵が沈黙するまで、その無限の剣撃が終わることはない。

その剣技の名は――〈光刃剣華《フイオレ・スパーダ》〉。

赤髪の勇者ジゼル・アリア・クレージュの固有剣技である。

リオンは勇者の剣技を模倣したのだ。

剣でできた光の輪が、時に狭まり、時に広がりながら、複雑な動きをみせる。その様子は、技の名の通り、まさに美しく咲き誇る光の華であった。

しばらくして、リオンは剣たちに命じる。

「討伐完了――納剣せよ！」

標的空間が消え、固有剣技が終了した。

切り刻まれた大量の肉片や、鱗の欠片《かけら》がぼとぼとと地上に落ち、傷だらけのエススがどうと倒れる。青い血が地面に広がり、エススは痙攣しながら呻き声を上げた。

よし……なんとかなったか……

さすがに固有剣技の完全模倣はできなかったが、リオンが持つ膨大な魔力によって威力を増した刃は、地霊エススを圧倒したのである。

リオンは一つ長い息をついた。

ここまで体力を削れば、地霊といえども、鎮めの儀式に抵抗することはできないだろう。

しかし――

……なに!?

地面の下から圧倒的な力の波動が急速に湧《わ》き上がってきた。リオンは危険を感じ、後方へと跳んで距離を取る。それはまるで、火山が噴火するような凄まじいまでの力の奔流だった。

その力がエススの尾を辿りながら、どんどん全身へと広がっていく。

それとともにエススの体表が白く固まっていき、結晶のようになっていった。

な……なんなんだこれは……！

目の前で起こった異常事態に、リオンはエススから目が離せなくなる。

変化は不意に起こった。

結晶化したエススの体がバキバキと割れたかと思うと、中から、無傷のエススが姿を現したのだ。しかも、その体は今までよりもさらに大きく、異様な姿に変わっている。

上半身までがぬらぬらと輝く鱗で覆われ、その顔はより蛇や蜥蜴に近いものとなっていた。大きな目が顔の左右につき、瞳孔《どうこう》は針のように縦長になっている。牙は鋭く、舌は長い。全身に大小様々な棘《とげ》が生え、特に背骨に沿って鋭い剣先のような棘が並んでいた。

そして――

……う……！

リオンは戦慄を覚え、大きく息を呑み込む。

エススの背中に――巨大な羽が生えていたのだ。

その姿は蛇というより、まるで伝説にある龍やドラゴンである。

リオンはその変わりようを見て、奥歯を強く嚙み締めた。

飛行能力の獲得……！　エススは進化したというのか⁉

おそらく地脈の力を取り込んだのだろう。エススは命の危機に際し、自身の肉体組成を大きく組み替え、劇的な変化を遂げたのだ。

進化した地霊が、憤怒の形相でリオンを睨む。

『GRYYYYAAAAAAAAA!』

エススの叫びに衝撃波が巻き起こり、地表が割れ、木々がなぎ倒された。

リオンは顔を歪め、唇を噛む。

もはや儀式で抑えるのは無理だ。ここで倒すしかない!

ちらりと森の方に目をやると、リオンは固く目を閉じた。

……すまないスーニア……ドルイドの神を滅することになるかもしれない!

だが、そうしなければ、エススはこの国だけでなく、その飛行能力を使って周辺諸国にまで被害を広げる可能性がある。

それだけは、絶対に避けなければならなかった。

リオンは決心を固めると、目を開ける。

よし……まずは視界を塞ぐ!

そう決めると、リオンは後ろに飛び退りながら、剣を連続して振るう。その途端、突風で地表が削れ、大量の砂煙が舞い上がった。勇者の固有剣技の一つ、遠距離斬撃〈風刃《ブレッザ》〉である。

砂煙を起こして聖域全体を周囲から隠したのだ。

これで誰にも見られることはない！

では――いくぞ！

「うぉおおおおおおおおおおおぉっ！」

リオンは裂帛《れっぱく》の気合いを込め、魔力を全力で解放する。

聖域上空に巨大な〈起源の紋章〉が出現した。

その紋章は厚い黒雲に紛れ、遠くからは稲光のようにしか見えなかった。

リオンが求めるのは、地霊エススを屈服させるに足る、戦術魔法級の大質量兵器である。

父さんたちの力で、一撃の威力が最も大きい武器は――！

リオンは右手を差し出し、決意を込めて宣言した。

「〈神器〉顕現――」

右手に光の粒子が急速に集まってくる。

「〈岩窟王《がんくつおう》ガデスの大槌〉！」

＊＊＊

エススが進化する少し前、魔境の最奥、墓所では――

優男の暗躍王ダナンが、得意そうに口にした。

『やっぱり、あの子は僕の目を使った』

他の王霊たちが、面白《おもしろ》くなさそうにダナンに目をやる。

なぜ、ダナンは、リオンが自分の神器を使ったのが分かったのか？

それは、リオンが〈起源の紋章〉を持っているからである。

すべての王は『起源の王』の配下なのだ。つまり、リオンは王霊たちにとって、愛しい我が子であると同時に、仕えるべき主君なのである。

主が自分の力を使ったことは、配下である王霊たちにはすぐに分かるのだ。

おそらく南部山岳地帯では、地霊とリオンの戦闘が佳境に入りつつある。地脈が地霊エススの激昂《げきこう》した様子を伝えてくるため、王霊たちにはその様子が手に取るように分かるのだ。

王霊たちは皆そわそわしながら、自分の力が使われるのを今か今かと待っていた。

誰もが我が子の役に立ちたいのである。

『今だ！　儂《わし》の籠手《こて》を使うがいい！』

『いーや、ここは魔法一択でしょ！　リオンちゃん、ボクの宝杖を顕現してよ！』

『その方ら本当に分かっておらぬな……あやつが使うのは拙の神剣だと言っておるだろう？』

『違う違う！　坊は一撃必殺の魔槍を使うはずさ！』

皆がわいわいと言い合う中、岩窟王ガデスだけはひたすら逆のことを祈っていた。

『使うなよお……俺様の大槌は絶対に使うなよおお！』

霊山でリオンが神器を顕現させた瞬間――

『うわあああ！』

ガデスが雷に打たれたように体を震わせる。

その感覚は、自分の力が使われた証《あかし》だった。

王霊たちがその様子を見て、顔を青ざめさせる。守護王ウェルナーが恐る恐る尋ねた。

『……ま、まさか……リオン坊、ガデスの神器を使ったんですか⁉』

ガデスはよろよろと後ずさりした後、ぺたんと座り込む。

眉根を下げて泣きそうな顔で言った。

『ああ……リィ坊の奴、俺様の大槌を顕現させちまった……』

あちゃああああああああああ……

王霊たちが頭を抱え、大広間が大騒ぎになる。

『なんでよりにもよって大槌⁉』『ガデスのツキのなさが移ったんですよ！』『素直に拙の神器を使っておればよいものを』

ガデスが顔を歪めると、自棄《やけ》になったように大声を上げた。

『ようし！　こうなったら、リィ坊！』

何を言うのかと、王霊たちが静かになる。

ガデスがパンッと手を合わせ、祈りながら言った。

『頼む！　なんとかしてくれえええ！　リィ坊ならきっとできる！』

皆があんぐりと口を開けたあと、なんだそりゃあああ⁉　と大きな声を上げる。

そして、全員で声を合わせて言った。

『『『『この無責任妖精めええええ！』』』』

＊＊＊

リオンが〈岩窟王ガデスの大槌〉を顕現させた途端、上空に巨大な大槌が出現した。

その槌は大きすぎて、自治領にいる民たちには、突然空が暗くなったようにしか見えなかった。

リオンが大槌を構えると、上空の大槌も角度を変えていく。二つの槌は連動するのだ。

地霊エススは、リオンの手に現れた大槌を見た瞬間、怒りに顔を歪め、目を釣り上げた。

わなわなと震えると、リオンを指差し、口を開く。

『ソノ大槌！　きサマ、ガデスの縁者かヤ⁉』

擦過音の交ざった濁声《だみごえ》だったが、それは紛れもない人の言葉だった。

突然、話し始めた地霊にリオンは驚く。

しかし、地霊は数千年を生き永らえ、昇位した存在なのだ。人語を解しても、何ら不思議はない。

リオンは希望を見出した思いだった。

エススはガデス父さんを覚えている！　それなら平和的に解決できるかもしれない！

「エスス様、どうか話を聞いてください！　自分はガデスに育てられた者で――」

『ナニ！　ガデスの子ダト⁉』

曲がりなりにも会話が成り立った。リオンはすぐに返答する。

「そうです！　ガデス父さんが、昔エスス様に挨拶《あいさつ》に行ったと聞いております！　とても温厚な地霊様で気持ちよく親交を深めることができたと……」

旧友の子だとアピールしたリオンだったが、その努力は意味がないどころか――

『……ナニヲ……』

火に油を注ぐ結果となった。

『ナニヲ言っておるのだ、アヤツはあああああっ！』

エススが怒りで全身を真《ま》っ赤《か》にする。

『アヤツは親交を深メルどころか、妾《わらわ》を地下に封じたノダゾ⁉　――ガデスの子！　きサマを八つ裂きにするだけではマルで足りヌ！　この地ダケでなく、この国も！　完全ニ！　完璧《かんぺき》ニ！　破壊し尽くしてクレようっ！　――GRYYYYYYYAAAAA！』

エススが叫ぶと、大地がひび割れ、激しい地震が起こった。

リオンはエススから距離を取りながら、心の中でガデスに文句を言う。

ガデス父さん！　ぜんぜん話が違うじゃないか！

エススには最悪な思い出しか残ってない感じだよ⁉

激怒したエススは暴れだし、会話はおろか、もう手に負えない状態になっていた。

エススが大きな羽をはばたかせ、無理やり、長い尾を地中から引き摺り出していく。聖域一帯の地面が脆くなり、今にも崩れてしまいそうだった。

リオンは苦い表情を浮かべながらも、決心する。

このままでは最初にこの霊山が崩壊してしまう！

地霊エスス！　悪いが、ここでお前を止めさせてもらうぞ！

だが、全力で〈岩窟王ガデスの大槌〉を振るえば、その威力で霊山が崩れてしまうかもしれない。

そのため、リオンは、まず聖山を補強するとともに、聖域を隔離することにした。

「うぉおおおおおおおおおおぉっ！」

魔力を限界まで高めると、リオンが口を開く。

「神器装填《そうてん》――参番」

左腕を掲げ、宣言した。

「〈守護王ウェルナーの大盾《おおだて》〉！」

リオンが顕現させたのは、守勢神器随一の防御力を誇る大盾。

守護王の異名を持つウェルナーの力を具現化した盾型の神器である。

今回は縦に長いカイトシールドをイメージした。イメージすることにより、神器は形を変えることもできるのである。

青く輝く半透明の巨大な盾が、地霊エススとリオンを中心に円状に並んでいく。

その数、なんと十二枚。

聖域を囲んだことを確認すると、リオンはぐっと拳を握って振り下ろす。

途端に、大盾が地面に半分ほど潜っていった。

リオンは〈守護王ウェルナーの大盾〉で聖域を補強し、同時に隔離したのである。

「うう……！」

魔力を大量に消費したリオンは、蒼白な顔で荒い息を吐く。

嚙み締めすぎた唇が切れ、血が流れた。

それはそうだろう。〈神器〉を二つ同時に顕現しているのだ。並の王族ならすでに昏倒《こんとう》している状態である。

リオンはふらつきながらも、地霊エススを睨んだ。

これで山が崩れることはない。森にいるティアたちにも被害は出ないはずだ！

あとは――

リオンは〈岩窟王ガデスの大槌〉を持ち直すと、真上に振り上げ、構えた。

地霊エスス！　お前を倒すのみ！

上空の巨大な大槌が、エススの直上に移動する。

気配を感じたのか、エススは空を見上げると、攻撃に備える構えを見せた。

リオンは魔力を最大にまで高めていく。

腰を落とし、歯を食い縛り、己《おのれ》の魔力のすべてを神器に送り込んだ。

「おぉおおおおおおおおっ！」

握りしめた大槌が目映《まばゆ》い光を放つ。それは魔力が臨界に達した証であった。

「耐えられるものなら、耐えてみろ！」

ぐっと踏み込み、体をひねると、リオンは大槌を渾身《こんしん》の力で振り下ろした。

「喰《く》らえ――〈裂天の一撃〉！」

リオンが告げた途端、目もくらむような閃光《せんこう》が弾けた。

上空の大槌があまりにも速く落ちてきたため、摩擦《まさつ》熱で大気が発光したのである。

あり得ない速度で落下してきた巨大な質量が、地霊エススを押し潰す。

最初の光からコンマ数秒遅れで、地響きにも似た大きな衝撃音が響き、大量の土砂が爆発したかのように吹き飛んだ。爆心地の地面が溶けて赤熱し、マグマのようになって広がっていく。

だが、溶けた土砂は〈大盾〉に阻まれ、聖域の外へは流れ出なかった。

〈裂天の一撃〉――かつて、岩窟王ガデスが得意とした、巨大な槌による振り下ろし攻撃の名である。今では、ガデスの力を具現化した神器を使うことで、恐ろしいまでの威力を誇る大質量投下攻撃となっていた。

空を覆っていた厚い黒雲が瞬時に蒸発し、聖域の上だけ夜空が覗き、星が瞬いている。

その光景は天が裂け、あちら側の世界を垣間見《かいまみ》るような印象を与えた。

まさに天を切り裂く激甚たる一撃である。

リオンは自分の前方に〈守護王ウェルナーの大盾〉を展開し、飛んでくる大量の土砂や石塊、凄まじい衝撃波から身を守りながら力を込め続ける。

いかに地霊といえども、これほどの質量攻撃を受けて、無事で済むはずがなかった。

しかし――

リオンは奥歯を噛み締め、大槌の先を睨む。

槌が……重い！

大槌を振り抜くことができない。それは敵の抵抗を意味していた。そして――

ま、まさか！

じりじりと〈岩窟王ガデスの大槌〉が持ち上げられていく。大槌の下から、半ば肉塊《にくかい》のようになったエススが現れた。その姿を見て、リオンは驚きに目を見開く。

な……なんてことだ……また進化したのか！

エススは、大槌を、六本の腕で受け止めていた。

荷重に耐えるためだろう、下半身は大きく膨らみ、人地に沈まないように変形している。

六本の腕はことごとく折れていたが、おそらく折れることで衝撃を相殺《そうさい》したのだ。

ついに運動量を失い、〈岩窟王ガデスの大槌〉が光の粒子となって消えていく。

肉体の半分以上を失ったものの、地霊エススは〈裂天の一撃〉に耐えてみせたのだ。

『G……GRYY……GRYAAAAAAAAAA！』

勝利の雄叫びを上げると、エススの体が輝き、折れた腕や傷が徐々に再生していく。

またも地脈を流れる生命力を取り込んでいるのだ。

リオンは〈神器〉の攻撃を耐えきった地霊に強い衝撃を受ける。

まさか……

思わず後ずさりした。

まさか〈神器〉が効かない相手がいるとは！

リオンは目を固く閉じ、奥歯を噛み締めた。

凄まじい速度で考えを巡らせる。

どうする？　どうすればいい⁉　このままではこの地方だけでなく、国まで滅びる！

別の〈神器〉を顕現させるか⁉

だが、リオンは自分の魔力がほとんどないことに気づき、顔を歪めた。

……ダメだ……魔力が足りない……俺の魔力が回復するより、エススの回復の方が早い！

何かないか⁉　考えろ！　考えるんだ！

打開策を見いだせないリオンの目の前で、エススの体が見る間に修復されていく。

ほんの数分も経てば、地霊エススは完全に復活してしまうだろう。

何か……何かあるはずだ！

魔力不足でふらつく体を支え、リオンはあらゆる可能性を猛烈な速度で考える。

地霊エスス復活まで、あと数分。

＊　＊　＊

そのころ、森の奥では、セレスティア王女が焦りを募らせていた。

巫女スーニアの祈りが、地霊エススに届かないというのである。

スーニアが悲しそうに言った。

「先ほどの激しい揺れの後、エスス様の怒りが一気に高まりました……もはや、私の祈りでエスス様をお鎮めすることは……」

王女はスーニアを慰めるように、彼女の肩を優しく撫《な》でる。

確かに、王女も薄々そのことに気づいていた。

聖域の方角は厚い砂煙で覆われ、中の様子はまるで分からなかったが、地霊エススの放つ激怒の波動は森の奥まで伝わってくる。この状態で、地霊を鎮められるとは考えにくかった。むしろ、祈りを続ければ、怒りを助長する恐れすらある。

断続的に続く地震に翻弄されながら、王女は思考を巡らせる。

……おそらく何かきっかけがあって地霊が激怒したんだわ……

それでも地霊が聖域を抜けてこちらに来る様子はない……リオンが地霊を抑え込んでくれている証拠ね……

王女は一つ息を吐くと、周囲を見回す。

そこかしこに、大量の蛇や蜥蜴型魔物の死体が積み重なっていた。

クレハは防御範囲を王女たちを中心にした円形に定め、その境界を死守するように動いていた。襲撃してくる魔物の数はかなり減ったものの、まだ大型の蜥蜴型魔物が何体も残っている。

クレハは見事な体術と暗器を使い、魔物をことごとく倒していたが、なにせ数が多い。

時折ふらつくようになったクレハを見て、王女は、そろそろクレハの限界も近いと考えていた。

王女は唇を噛み締め、状況を整理する。

スーニアの祈りは届かない……地霊は激怒している……クレハの限界も近い……

そして、リオンも……

王女が辛そうに眉根を寄せた。

リオンについても、王女はまったく楽観視していなかった。

なにせ、相手は神に近い存在なのだ。その上、激怒しているとなれば、その戦いは熾烈《しれつ》を極めるものになっているはずである。

リオンが底知れない強さを秘めていることは分かっていたが、それでも、地霊に勝てると考えるほど、彼女は楽天家ではなかった。

王女は目を固く閉じ、目まぐるしく考える。

スーニアの祈りが届かない今、私にできることは⁉

今も聖域からは、膨大な魔力が弾ける気配が濃厚に漂ってきていた。リオンと地霊の戦いが想像を絶するものであることは、その魔力の消費量からも窺うことができる。

リオンは戦闘に魔力を用いるタイプなのだろうと彼女は推察していた。

聖域での魔力解放は瞬時に起こるため、王女の鋭敏な感覚を持ってしても、どれほどの魔力が消費されているかを正確に把握することはできない。

だが、その魔力量が、〈神器〉を顕現できるほどの量であることは、王女にもなんとなく分かっていた。

そこで王女は気づいた。

そうだ……あれだけ膨大な魔力を消費して、ただで済むはずがない。

今ごろリオンは魔力不足で戦えなくなっているはずだわ！

もし私の魔力をリオン届けることができれば……！

彼女はすかさずスーニアに尋ねた。

「スーニア！　ドルイドの祈りは聖木を通して発信されるのよね？　祈りではなく、魔力をそのまま発信することもできる⁉」

スーニアが一瞬考え込んだ後、よく分からないという表情で答える。

「……たぶんできると思います。でも、そもそも魔力伝達の方法ではありませんし、広範囲に広がってしまうので、かなり薄まってしまうはずですが……」

「でもできるのね⁉」

「は、はい！　可能です」

王女はスーニアの肩を掴み、彼女に説明する。

「地霊に祈りが届かないなら、せめてリオンに私の魔力を届けられないかしら⁉　彼は今、魔力不足で立ち往生しているはずよ！　だから、お願い。私に力を貸して！」

スーニアが驚きの表情を浮かべた後、すぐに真剣な表情に変わった。

彼女も聖域での膨大な魔力消費を感じていたのだろう。

「そ、そうか……その手がありますね！　ドルイドの誰もやったことがないと思いますが、なんとか調整してみます！　私もリオンさんを助けたいです！」

「ありがとう、スーニア！」

王女は礼を言うと、今度はクレハに声を掛けた。

「クレハ！　私たちはこれから、リオンに魔力を届ける！　その間、さらに無防備になるかもしれないわ。私たちを守って！」

クレハが魔物を倒すと振り返り、力強く頷いた。

「リオンに魔力を……!?　かしこまりました！　絶対にティア様たちに魔物を近づけません！　ご安心ください！」

クレハがひゅうと鋭く息を吐いて自分に気合いを入れると、大型の魔物へと駆けていった。

その様子を見て頷くと、王女は一度深く息を吐き、静かに目を閉じる。

左手をかざして魔力を込めると、彼女の背後に光の紋様が出現した。

王族たる者の証――〈王家の紋章〉である。

ドルイドの祈りに利用しないなら、紋章を現した方が魔力を込めやすいのだ。

巫女スーニアが紋章を見て、改めて感嘆《かんたん》の声を漏らす。

「セレスティア様……なんてお綺麗《きれい》な……」

王女はスーニアと向かい合うと、彼女と手を繋いだ。体の末端同士で触れあう方が魔力を伝えやすいのである。

「スーニア、私の魔力を届けられそう？」

王女の問いに、スーニアが頷いた。

「やってみます……いいえ、やらせてください！」

セレスティア王女は深く頷くと、すうと目を閉じる。

……できるだけ滑らかに、できるだけ濃密に……

王女は体内で魔力を調整すると、少しずつ、スーニアに譲り渡していった。

スーニアの体が輝き、彼女の体に魔力が浸透していく。しばらくして、彼女の口から、祈りとは異なる長い音が漏れ出した。歌ではなく、旋律でもなく、ただ長く安定した声。

その声は、王女の魔力の波長に合わせた声であり、王女の魔力を届けるためだけの声だった。

魔力を乗せたスーニアの声が、聖木に届き、聖域全体に広がっていく。

リオンに直接届けることはできないため、広範囲に放射するしかないのだ。

その魔力に、リオンが気づくかどうかは分からない。

ただ、それしか、リオンのためにできることはなかった。

セレスティア王女が額に汗を浮かべながら、繊細で微妙な魔力操作を行う。

巫女スーニアが体を震わせながら、受け取った魔力と同調し、声に乗せて聖木へと届ける。

クレハが息を荒げながら、二人の共同作業を懸命に魔物から守り抜く。

巫女スーニアが思う——聖木様、どうかリオンさんにこの声を届けて！

クレハが思う——リオン、ティア様たちは私が守ってみせるから！

そして、セレスティア王女は願う。

リオン、私の魔力に気づいて――私の魔力を使って！

三人の切なる想いが結実し、激しい揺れが続く中、前代未聞の遠隔魔力譲渡が行われていた。

＊　＊　＊

一方、聖域では――

何か策があるはずだ……！

リオンは焦りながらも、攻略のヒントがないかと修復中のエススに目を走らせる。

エススの尾を通して、光の輝きが全身を巡っていた。その光が、おそらく地脈から取り込んだ生命力なのだろう。その力があるからこそ、エススは自身の形態を変え、〈神器〉の攻撃すら耐えて見せたのだ。

リオンは地脈の力の凄まじさを目の当たりにし、奥歯を噛み締める。

なんて厄介な力なんだ！

だが――そのときリオンは気づいた。

……いや待てよ……

リオンは目まぐるしく考えを進める。

地脈があるからこそ、エススは何度でも復活できる。

では地脈がなければ……？

そ、そうか！

リオンの中で打開策が雷光のように閃《ひらめ》いた。

俺が攻撃すべきなのは、エススではない！

攻撃すべきなのはむしろ——

リオンは地面にゆっくりと目を落とす。

——地脈そのものだ！

そう、地脈こそが鍵《かぎ》なのだ。

地霊エススが地脈と接触できなければ、生命力を取り込めず、もう進化することもない。

体の修復すら、思うようにできなくなるだろう。

そうだ……その手があった！

——地下深くに〈岩窟王ガデスの大槌〉を打ち込み、一時的に地脈を逸らす。

その上で飽和攻撃を行い、弱ったエススを完全に屈服させる——

決意を固めると、リオンは一人頷いた。

それしか——方法はない！

リオンはすかさず背後に飛び退ると、体内に残るありったけの魔力をかき集めた。

「うぉおおおおおおおおおぉっ！」

体があり得ないほど震え、顔は蒼白となり、目の前が暗くなっていく。

深刻な魔力の枯渇症状だった。

だが、リオンは諦めない。十二枚顕現していた〈守護王ウェルナーの大盾〉を半分の六枚に減らす。その上、自分の前面に展開していた〈大盾〉をも解除し、その残余魔力を回収する。

だが――それでも――

まだ足りない！　一撃だ……一撃だけ打てればいい！

「ぐぐぐぐぐううううっ！」

リオンは体中から絞り出すように魔力を集める。チャンスは一度しかない。一撃打ち込めば、魔力が完全に枯渇し、昏倒するかもしれないからだ。

その一撃を外せば、もう為す術がないのである。

俺が倒れれば神器が消え、エススを阻むものがなくなる。

そうなれば、まず犠牲になるのは――ティアたちだ！

それだけは……それだけは絶対にさせない！

リオンは力の限りを尽くして、体中から魔力をかき集めていく。

頼む！　一撃打てれば、俺はどうなってもいい！

なんとかしろ、なんとかしてみせろ！　俺の体！

しかし――

「……う……！」

願いも空しく、肉体の修復が終わった地霊エススが、完全に無傷な状態で動き始めてしまった。

『GYAAAAAWWOWWW！』

エススの咆哮で、空気がびりびりと震え、激しい衝撃波が巻き起こる。その衝撃波から身を守る術すら、リオンには残されていなかった。

「ぐくくくっ！」

高速で飛んでくる土砂や石塊を避けることさえできず、傷だらけになっていくリオン。

服は裂け、体のあちこちから出血し、体力は失われ、魔力は枯渇していく。

目が霞《かす》み、手足は震え、体中が軋《きし》み、気を抜けばすぐにでも倒れてしまいそうだった。

それでも――

俺が……俺がこの事態をなんとかしなければ！

リオンは歯を食い縛り、ふらつく体を支え、どうにかしようと足掻き、藻掻《もが》く。

そのときである。

……え……？

リオンはふと、聖木から放たれ続けていた祈りが変化していることに気づいた。

ドルイドの巫女スーニアの祈りが、歌ではなく、ただの音として聖域に広がっているのである。

な、なぜ……？

リオンはハッとして、森の方向に目を向けた。

これは……ティアの采配か！

おそらく、ティアたちはどこかの時点で、地霊エススを鎮めるより、俺を支援した方がいいと判断したのだろう。激怒した地霊に祈りは届かないと気づいたのだ。

セレスティア王女は、ずっと前から、リオンを助けようとしていた——彼女の魔力を届けることによって。

そ……そうだったのか……！

こんな危機的な状況にもかかわらず、リオンはふっと長い息を吐いた。

聖木から放たれてくる音に乗って、セレスティア王女の魔力が伝わってくる。

リオンは、そのことにずっと気がついていなかった。

暖かい力で体が満たされていくのを、リオンは感じる。

それはまごうことなき王女の魔力——民を想い、国を想い、そして少なからず、リオンを案じ、無事を願う想いの交ざった暖かい魔力だった。

リオンは自分の思い上がりを恥じた。

……俺は自分だけで戦っているつもりでいた……だがそうじゃなかったんだ……

ティアがいて、スーニアがいて、二人のために戦うクレハがいる。

族長や貴族たち、騎士団、ツバキたちが民を守ってくれている。

俺は一人で戦っていたんじゃない。皆と一緒に戦っていたんだ。

そんな簡単なことも分からず、俺はティアからの支援に気づかなかったのか……

なんて情けない……！

リオンは自嘲《じちょう》気味に笑う。

ふっと力を抜くと、王女の魔力がリオンの体に染み込んでいった。

その魔力は、母ルシオラから受け継いだ純度の高い魔力である。

二人の魔力はとてもよく似ている。

つまり、セレスティア王女の魔力は、リオンにとって、最高に利用効率の高い魔力なのである。

これがティアの魔力……！

リオンの体内に膨大な魔力が溢れた。

ティア……スーニア……クレハ……皆の想いは受け取った！

俺と共に戦ってくれ！

「おおおおおおおおおぉぉっ！」

裂帛の気合いを込めると、リオンは魔力を全力解放した。

そして、再び宣言する。

「顕現せよ――〈岩窟王ガデスの大槌〉！」

告げた途端、聖域の遙か上空、高高度の地点に光の粒子が集まり、巨大な槌が出現した。

だが、その形状は、通常の槌の形ではない。

長く、鋭い、円錐形《えんすいけい》をした楔《くさび》のような形をしていた。

リオンはさらに魔力を込め、〈大槌〉を変形させていく。

……もっと鋭く……もっと硬く……もっと巨大に……！

〈大槌〉が形を変え、硬度を高め、質量を増し、長く伸びていく。

最終的にその形は、まるで鋭い長槍のようになった。

リオンはこの〈大槌〉で、地脈まで大地を貫くつもりなのだ。

地霊エススがさらに大きくなった羽をはばたかせ、上空へと舞い上がろうとしている。

その動きに合わせて、地中から長い尾が無理やり引き摺り出されていった。

『GYARRRYYYYYY！』

宙に舞い上がるエススの姿は、まさに伝説の龍である。だが――

逃がしはしない！

リオンは手を振りかざし声を上げた。

「神器再装填――〈暗躍王ダナンの鑑定眼〉！」

上空の〈大槌〉の真下に二つの目が出現する。その目はすべてを見通す洞察の神器である。

魔力を込めながら、リオンが告げた。

「〈鑑定眼〉――開眼！」

二つの目がゆっくりと開いていき、やがて完全に開眼する。

その渦巻き状の瞳が、地上を睨むように凝視した。

地脈は地下深くを流れる生命力の源である。普通なら、その位置を捉えることなど到底できない。だが、〈神器〉を使えば、それが可能となるのだ。

リオンは〈鑑定眼〉を自分の目と同期させ、地脈を探っていく。

深くへ、もっと深くへ。

宙から地表へ、地表から地中へ。何層にも折り重なった地層を抜け、深く深く、さらに深く、洞察の目は地下へと潜行していく。

そして――ついに――

……見つけた！

〈鑑定眼〉と同期したリオンの目には、虹色に輝く力の奔流が見えた。地脈は大河のように広く、緩やかに曲がりながら延々と流れていく。その流れの端に地霊エススの尾が触れ、そこから今も力が取り込まれているのが分かった。

位置さえ分かれば！

「〈岩窟王ガデスの大槌〉――照準！」

地脈の流れを捉えると、リオンは持っていた〈大槌〉を両手で握って構える。

空に浮かぶ〈大槌〉が連動し、地脈の真上へと移動した。

異様な気配を感じたのか、地霊エススが空を見上げる。

だが〈大槌〉の高度は高すぎて、大気の揺らぎに紛れて地表からは見えない。

エススがいぶかしげな表情で動きを止めていた。

リオンが――その隙を見逃すはずがなかった。

まさに……

まさに今こそが――

好機！

このままエススごと地表を貫く！

リオンは〈大槌〉を振り上げ、足を大きく踏み込むと――

「うぉりゃあああああああああぁっ！」

持てる魔力のすべてを解放し、あらん限りの力で〈大槌〉を振り下ろした。

「貫け――〈穿地《せんち》破砕の一撃〉！」

瞬間、光が走った。

超高高度から落下してきた槍状の〈大槌〉が、一瞬で地表に達し、エススをあっけなく貫通すると、地中奥深くに突き刺さった。

激しい縦揺れと地域一帯に響き渡る轟音《ごうおん》。大気が震え、大量の土砂が直上に飛び散り、天にも届くような土の噴水ができる。地中を回転しながら、凄まじい速度で潜行する〈大槌〉はすぐに地脈に到達した。その瞬間――

――いま!

〈大槌〉の状態を〈鑑定眼〉で見ていたリオンは、ぐっとこぶしを握って声を上げる。

「爆散っ!」

次の瞬間、〈岩窟王ガデスの大槌〉が地中で爆発し、その威力で地脈が寸断された。

一時的に流れが滞《とどこお》り、地脈があらぬ方向に蛇行していく。

その異常事態に、地霊エススはすぐに気づいた。

体を貫かれ、地面にへばりつくようにして肉体を再生していたエススだったが、突然、地脈からの力が途絶え、傷の修復すらままならなくなったのである。

『ナ……ナゼ……!?』

しかも、尾が途中で切断され、その先は消滅したようだった。

『ウググ……妾の尾ガアアア!』

尻尾を失い、さらに地脈の力を使えなくなった今、もはや満身創痍のエススに為す術はない。

エススは慌てて、地中へと逃がれようとしたが――

そんなことを、リオンが許すはずがなかった。

『……ウッ！』

そのときすでに、リオンはエススの目の前にいた。地霊に目をやり、声を上げる。

「お前を――逃がすと思うのかあああああっ！」

裂帛の気合いとともに、リオンは手に持った〈岩窟王ガデスの大槌〉を力の限り振るう。

『グハアアアッ！』

〈大槌〉の直撃を受け、エススが体をくの字に曲げ、凄まじい速度で吹っ飛んでいった。地面を何度も跳ね、大木に当たってようやく止まる。

『……ウグ……ウググ……』

肉体の半分以上を失ったとはいえ、たかが人間の攻撃で、吹き飛ばされることなど考えられなかった。

『……こ、この、バケモノめえええ！』

エススが頭を振りながら顔を上げると――『ナ⁉』――目の前に〈大槌〉が迫っていた。

リオンによる渾身の振り下ろし攻撃である。

『ギヒィィィィッ！』

強烈な打撃を受け、エススが地面にめり込んだ。半ば肉塊のようになったエススは、地面から這い出ることもままならない。

エススをその場に釘付けにすると、リオンはすかさず距離を取り、〈大槌〉を振りかざす。

魔力を込めると、声を上げた。

「照準――地霊エスス！」

上空に再装塡された〈岩窟王ガデスの大槌〉が、エススに照準を合わせる。

エススが空を見上げると、黒い針状の影が辛うじて見えた。

確認できた数は――二十四本。

『ア……ウア……アア……』

エススが血の気の引いた顔で声を零す。先ほど受けた、超高高度からの大質量投下攻撃だと気づいたのだ。

一発ですらあの威力。それが最低でも二十四発あるのだ。

リオンはエススを睨むと、大きく息を吸う。

地霊エススは、リオンが攻撃を指示する前に慌てて口を開いた。

『ス！』

「…………す？」

リオンが聞き返すと、エススはがばりと体を起こし、頭を地面に擦りつけて土下座した。

『――スミマセンデシタあああっ！　お願イデス！　モウやめてクダサイイイッ！』

言葉の途中で泣き出すと、エススは涙声で続けた。

『……お願イ……モウやめてえ……妾が悪カッタ……』

力を失ったのだろう、表皮が何度も脱落していき、中から幼女姿になったエススが現れた。泣きじゃくり、許しを請う地霊エスス。

その痛々しい様は、ほんの先ほどまで暴れていた姿とはまるで違っていた。穢れた血に酔い、怒りで我を忘れていただけで、本来エススは大人しい土地神なのだ。

リオンはその様子を見て、しばらくして攻撃態勢を解く。顕現させていたすべての〈神器〉を解除すると、〈神器〉が光の粒子となって宙に消えていった。

リオンは、エススを怖がらせないようその場に膝をつくと、礼儀正しく声を掛けた。

「……いいえ。悪かったのはこちらの方です。災害を防ぐため、やむなく戦闘を行いましたが本意ではありません。不浄な血で聖域を穢してしまい、大変申し訳ありませんでした。……ですが、悪いのはドルイドの民ではなく、この地の恵みを不当に略取しようとしていた王国の領主です。ドルイドの民たちにはどうか寛大なご処置を」

頭を下げたリオンは、地霊エススにこれまでの経緯を話した。

エススは事情を理解し、今までと同様、土地の神としてこの地で過ごすことを了承してくれた。地脈の流れを一時的に変えたことを告げると、エススはひどく驚いたが、すぐに元の流れに戻るだろうと説明してくれた。

警戒が和らいできたのか、地霊エススがリオンに尋ねる。

『して……ガデスは息災カヤ？』

リオンは小さく首を振る。

「いいえ、ガデスは千年ほど前に亡くなって、今では霊魂として魔境の墓所で暮らしています。墓所を離れることはできませんので、何かご伝言があれば父に伝えますが……」

エススも首を振った。

『イイヤ、あやつは乱暴で好かん！　じゃガ……妾と対等に話ソウとしたのは、考えてミレバあやつだけダッタかもしれぬナ……』

なんとなく寂《さび》しそうな表情のエススを見て、リオンは提案する。

「では、父に代わり、自分がエスス様のお話し相手になってもよろしいでしょうか？　聖域や地脈の見回りも兼ねて、年に数度この地を訪れようかと思います」

地霊エススはすでに目覚めてしまったからな……

これほどまでの力を持つエススを野放しにするわけにもいかないだろう。

その提案を聞いて、エススはぱあっと顔を輝かせたが、すぐに威厳を醸し出そうと思ったのか、しかめ面《つら》になって咳払いした。

『フム……ガデスの子はなかなか見所がアルではないカ。名を聞コウ』

「はい。リオンと申します」

『リオンか……その名、しかと覚えたゾ？　良かロウ、リオン。そなたに、妾に拝謁《はいえつ》する栄ヲ特別に赦《ゆる》ス』

リオンはふっと笑みを浮かべると、恭しく頭を下げた。

「もったいないお言葉です、エスス様。後日改めてご挨拶に伺います」

地霊エススは今回荒れた土地や森は自分が修繕《しゅうぜん》すると約束し、地中へと消えていった。

その後、セレスティア王女たちと合流したリオンは、地霊エススにはなんとか怒りを収めていただいたと報告した。三人は手を取り合って喜び、特に巫女スーニアは、リオンが地霊を抑えてくれたおかげだと涙ながらに感謝を伝えた。

戦闘の余波を完全に防ぐことはできなかったが、あの熾烈な戦いを思えば、領地への被害は最小限で済んだと言えるだろう。

こうして、ドルイド自治領における地霊エスス覚醒の危機は、第三王女セレスティアとドルイドの巫女スーニアの活躍という体で幕を閉じたのである。

エピローグ

ドルイド自治領の王国側領主、ゼップ・フォン・グフッセ子爵は、麻薬取引を含む数々の犯罪行為、またドルイドとの条約を破った罪により、爵位剝奪《はくだつ》の上、家は取り潰《つぶ》しとなった。

王国は領主を厳しく断罪することで、ドルイドとの関係を維持したいのである。

一方、ドルイドの族長は、第三王女セレスティアの尽力に対して公式に感謝を述べ、王女経由なら、希少な鉱物資源や効果の高い薬草を王国に輸出してもいいと約束した。

その上、万能薬パナケアを王女に進呈するというのである。

結果としてセレスティア王女は、ドルイド自治領との友好関係を深め、エルデシア王国に莫大《ばくだい》な利益をもたらしたのだ。

さらに、グスタフ大神官亡き後、閉院が続いていた王都治療院に、腕の良い治癒師が派遣されることとなった。

ドルイドの巫女《みこ》、スーニアである。

彼女は王国に留学していたこともあり、ドルイドと王国の橋渡しをする親善大使としての役目も与えられた。セレスティア王女は、ドルイド魔術と薬草学に精通した頼もしい味方も手に入れたのである。


クレハは処分を覚悟の上で、王女に過去のいきさつを話した。

ツバキたちと共に暗殺組織で育てられたこと。

王女の信頼を勝ち取り、側近になるよう命令されていたこと。

そして、王女暗殺のために派遣された元暗殺者であること――

セレスティア王女はクレハの告白を聞いて驚いたが、しばらくして彼女を優しく抱き締めた。

秘密を隠しておくのは辛《つら》かっただろう、よく話してくれた、とクレハを許し、あまつさえ彼女に感謝を伝えたのだ。王女は、常にクレハに守られていたことに気づいていたのである。

クレハはセレスティア王女の懐《ふところ》の深さに、涙を流して感激し、改めて生涯の忠誠を誓った。

秘密がなくなったことで、二人の間には、より一層の信頼関係が生まれることになった。

そしてリオンは――

泣きはらした目で執務室から出てきたクレハを見て、リオンは彼女に声を掛ける。

「よかったな」

目元を乱暴に拭《ぬぐ》い、ぐじぐじと鼻をすすったクレハは、顔を逸《そ》らして言った。

「……うるさい……！」

リオンが肩をすくめると、クレハはふんっと鼻を鳴らし廊下の向こうへ消えていった。

扉の向こうから声がする。

「何をしているの、リオン？　早く入りなさい」

「は、はいっ！」

王女に呼ばれ、リオンは嬉々《きき》として執務室に入る。王女は腕組みをして椅子《いす》に腰掛け、窓の外を眺めていた。リオンは小さく咳払《せきばら》いをしてから報告する。

「スーニアさんが午後から着任の挨拶《あいさつ》に来られるそうです」

「ふうん」

「ドルイド自治領はひとまず族長が領主として治めるそうですね。彼はティア様に共同領主になってほしいと願い出たとのことですが……辞退されたのですか？」

「領主業まで手が回らないもの。もちろんスーニアのこともあるし、今後も協力するけれど」

「そうなのですね」

「そうよ」

素っ気ない王女の態度に、リオンは少しがっかりした。

今回、リオンはかなり活躍したと自負している。そのことを妹が褒《ほ》めてくれるだろうと期待していたのだ。

しばらくの沈黙の後、王女が自分の隣を顎《あご》で示して言った。

「リオン、こちらに来なさい」

「？　……は、はい」

リオンが隣に立つと、王女は不機嫌そうに口にする。

「……手が届かない。しゃがんで」

「え？　あ、はい」

リオンが跪《ひざまず》くと、王女は椅子をくるりと回して、リオンを正面に見据えた。

そして、彼女はリオンの顔に手を伸ばしてくる。

……え⁉

リオンは妹を見上げて、息を呑《の》んだ。妹が顔を近づけてくる。

え！　ま、まさか……感謝の、キスとか⁉

ちょ、ちょっと待って！　いくら感謝の表現と言っても一国の王女が護衛に……いや……そうでもないのか……額《ひたい》にキスくらいはあり得るのか……？

リオンはどぎまぎしながら、身を固くする。

そ、そうか……ティアはそれほどまでに俺《おれ》に感謝を……

思わず目頭が熱くなった。そんな様子を見られまいと自然に目を閉じる。

王女の手が頬《ほお》に触れるのを感じた。まだ小さな、だが柔らかい手である。

……ティア……

リオンが緊張しながら、その瞬間を待っていると――

…………あれ？

ぐにゅううううっと、王女はリオンの両頬を思いっきり引っ張った。

痛みに目を開けたリオンが尋ねる。

「ふぁのー、ふぃあはま？　ほれはひっはひ……？」

セレスティア王女はむくれた顔で、もう一度ぐいっと強く頬を引っ張ると、パンッと手を離した。喉《のど》の奥で唸《うな》った後、王女は声を上げる。

「リオン！　あなたは私から離れて一体何をしていたの⁉　職務怠慢だわ！」

リオンが答えようとすると、王女はそれを制して続けた。

「あなたの職務は私の護衛でしょう⁉　それなのに……私をほったらかしにして！」

リオンは弁明しようと息を吸ったが、そのまま長く吐き出し、項垂《うなだ》れる。

確かに、王女の叱責《しっせき》はもっともだったからだ。

褒めてもらえると思っていたところを、逆に王女に咎《とが》められ、リオンは意気消沈した。

「……大変申し訳ありませんでした。ティア様の許可を得てから動くべきでした。独断専行をお許しください。今後はこのようなことのないよう……」

その言葉に被《かぶ》せるように王女が言う。

「謝罪はいい！　リオン、あなたには相応の罰を受けてもらうわ」

「……はい」

リオンが深く頭を下げると、王女はくるりと椅子を回し、窓の外を眺めながら告げた。

「罰として、当分の間――私から離れることを禁じます」

「…………え？」

リオンが顔を上げると、ふくれっ面《つら》のまま、王女が声を上げた。

「聞こえなかったの⁉　私が許すまで側《そば》を離れないように！　呼んだらすぐに来ること！　いい？　決して勝手に……」

王女は何かを思い出しているのか、唇を嚙《か》み、わずかに目に涙を溜《た》めて続ける。

「……勝手に危険な真似《まね》をしないこと！　私に……心配を掛けないで……分かった⁉」

その様子を見て、リオンは奥歯を噛み締め、顔を伏せた。

王女はリオンの安否を気に掛け、心配してくれていたのである。

そんな風に気に掛けてくれたことを嬉《うれ》しく思う反面、妹を不安にさせてしまったことをリオンは大いに反省した。

……ティア……本当にすまなかった……

リオンは神妙に答える。

「承知いたしました。ティア様がお許しになるまで、決してお側を離れません」

「……分かったら準備をして隣の控え室に来なさい。しばらくはそこがあなたの持ち場よ」

「はっ！」

「それと！」

王女はさらに険しい口調で続けた。

「これは何？　ドルイドの族長から書状が届いたのだけど？」

「族長から、ですか？」

リオンが書状に目を通すと、『リオン君の任期が終わったら、ぜひスーニアとの婚姻を許していただきたい』などと書かれていた。

うわ……あの人、本気だったのか……

リオンは思わず目眩《めまい》を覚える。

王女は椅子を回し、珍しくリオンを睨《にら》みながら、固い声で尋ねた。

「どういうことかしら？　リオン……もしかしてあなた、スーニアと！」

「ち、違います！　これは族長が勝手に言っていることです！　スーニアさん本人の気持ちも確かめずに進めようとしているんです！」

「へえ……本人の気持ちがあればいいんだ……」

「そ、それは！　誤解です！」

王女は目を細め、リオンに冷たい視線を向ける。

「ふうん。まあ、スーニアは素朴で可愛《かわい》らしい子だし？　私は別に……」

「いいえ！」

そこでリオンは王女の肩を摑《つか》んだ。真剣な眼差《まなざ》しで言う。

「自分は護衛の任期が終わっても、末永くティア様にお仕えする所存です！　それにティア様の方が――」

リオンの勢いに気圧《けお》されるようにして、王女が目を逸らして聞いた。

「……私の方が……なによ……」

「ティア様の方がずっと……お……お美しいかと……」

「な⁉」

ぼんっと音がするくらい急激に王女の顔が赤く染まった。

リオンも、実の妹に何を言っているんだと、急に気恥ずかしくなる。

しばらく気まずい沈黙が流れたあと、王女が慌《あわ》てて言った。

「は、離れなさい！　この無礼者！」

「し、失礼いたしました！」

すぐさま王女から離れ、リオンは深く頭を下げる。

王女は何度か咳払いすると、書状で顔を隠し、言い淀《よど》みながら口にした。

「あ、あなたの意思は、その……分かった……つもり。族長には正式にお断りの書状を送っておくわ。ただ、これから仕事であなたもスーニアと会う機会があるはずよ。だから……その……誤解されないよう気をつけなさい……いいわね？」

「はい。必要以上にスーニアさんと親しくならないよう努めます」

「そ、そう。……よろしい。では行って。こちらを見ないように」

王女は顔を見られたくないと思ったのか、そのままの姿勢で言った。

書状では隠しきれていない耳が真《ま》っ赤《か》に染まっている。

そんな妹の様子を見て笑みを浮かべると、リオンは執務室を後にした。


廊下に出ると、ツバキたちがかしこまって主を待っていた。

リオンが歩き始めると、三人の侍女が静かに後をついてくる。

しばらくして、リオンは尋ねた。

「……ゼップ子爵の背後に誰がいたか分かったか？」

「申し訳ありません……まだ調査中です。ですが、取り調べの様子を見るに、ゼップ子爵には記憶の欠落があるようです」

ツバキの答えに、リオンは小さく頷《うなず》いた。

「やはり、ヘルマンの時と同じか……奴《やつ》も記憶を失っていたからな……」

ヘルマン王子も、ゼップ子爵も、記憶を改ざんされている。

つまり、誰かに操《あやつ》られていた可能性があるのだ。

そして、その誰かは、同一人物かもしれなかった。

廊下の角からクレハが現れ、リオンたちに合流する。まだ目は赤かったが、王女に洗いざらい告白したことで吹っ切れたのだろう、さっぱりした表情をしていた。

リオンが面白《おもしろ》そうに尋ねる。

「もう泣くのはおしまいか？」

クレハが心底嫌そうな顔でリオンを睨んだ。

「ほんっとに嫌な男ね！　……まあいいわ。ゼップ子爵の件はもう少し調べてみるつもりよ。もし、すべての事件の裏にいるのが同じ人物だとしたら、相当頭の切れる奴でしょうね」

「ああ……。敵は記憶を消したり、あるいは付け加えたりできるのかもしれない。いや、能力だけでなく、そういった特殊な薬の線もあるのか……」

クレハが頷く。

「それならスーニアにも聞いてみるわ。彼女は薬草に詳しいから」

「分かった、任せる。敵は記憶を改ざんできる可能性がある。このうちの誰かが記憶を盗まれたり、改ざんされたりすれば、俺たちはたちまち窮地に陥《おちい》るだろう。慎重に動いてくれ」

「了解」

クレハが立ち去ろうとしたところで、ふと立ち止まってリオンに言った。

「スーニアと言えば……まあ、まさかね。あんたにそんな甲斐性《かいしょう》があるとは思えないし……」

「……なんの話だ？」

リオンが首をひねると、クレハはぷいっと顔を逸らし、廊下の先へと消えた。

クレハがいなくなると、今まで押し黙っていたツバキ、カエデ、モミジの三人がリオンを静かに取り囲んだ。

「……お前たちまでなんなんだ？」

リオンが尋ねると、ツバキたちが珍しく不機嫌そうな表情で次々に言う。

「スーニア様との婚姻について、後ほど詳しくご説明願えますか？　主様」

「そーだそーだ！　主様には説明責任があるよー？」

「……モミジたちには聞く権利がある……納得するまで繰り返し尋問する……」

そう言い残すと、三人はやはり、ぷいっと顔を逸らして、それぞれ散っていった。

リオンはがくりと項垂れ、長いため息をつく。

またスーニアの件か！　族長、ほんっと面倒なことをしてくれたなあ！

先が思いやられるよ……

しばらくしてリオンは気を取り直し、表情を引き締めると、今回の事件のことを思い返す。

……自治領には確かに何者かの悪意が漂っていた……

その悪意の元を突き止め、排除するのが俺の……いや、俺とクレハたちの役目だ。

俺は一人で戦っているわけじゃない。全員でティアを守り、王位に押し上げるんだ。

これは、この国の未来を懸けた戦いでもある。

一時も気を抜くことはできないぞ……

リオンは決意も新たに、未来の王の下へと急いだ。


その頃《ころ》、王都郊外の屋敷、地下施設では――

「ふーん、なるほどね……」

椅子に腰掛けていた女性が、ほっそりとした美しい顎に指を当て、独り言のようにつぶやく。

彼女の前にあるテーブルの上には、珍しい茶葉で淹れた香り高いお茶と――

目玉に羽が生えたような奇怪な生物が置かれていた。

粘液に塗《まみ》れたその生物は、時折びくびくと震え、瞬《まばた》きを繰り返している。

その生物のことを、彼女は『覗き魔《ビホルダー》』と名付けていた。

『覗き魔《ビホルダー》』には視覚情報を蓄えるための脳があり、彼女はその脳から情報を読み取っている最中だった。

それを可能とするのは、彼女の傍《かたわ》らに浮かぶ神器〈魔術王ケネーシュの宝杖《ほうじょう》〉である。

高度な精神魔法を駆使することにより、彼女――第一王女ヴァネッサ・ネイル・エルデシア――は、生き物の脳からも記憶を読み取ることができるのだ。

『覗き魔《ビホルダー》』が次第にぐったりとしていき、やがて動かなくなった。

ヴァネッサは『覗き魔《ビホルダー》』をつまみ上げると、側にあったゴミ箱に投げ入れた。

死んだからである。

小さな生物は、脳への干渉に長くは耐えられないのだ。

ヴァネッサは満足げな表情で椅子の背もたれに体を預けると、またつぶやいた。

「断片的にしか見られなかったけれど、リオンの力は、王家とは別系統の紋章の可能性があるわね……興味深いわ」

『覗き魔《ビホルダー》』がもたらしたのは、リオンに関する情報である。

ヴァネッサは、ドルイド自治領に自分の手駒を送り、リオンの情報を収集していたのだ。

いずれ、リオンを自分の支配下に置くためである。

彼女がくすりと笑った。

「一号はいい仕事をしてくれたわ。『覗き魔《ビホルダー》』を埋め込んでおいて正解ね」

一号──その呼び名は『アイン』を意味していた。

領主の用心棒アインは、ヴァネッサが送り込んだ彼女の手先だったのである。

アインの生命活動が止まると、埋め込んだ『覗き魔《ビホルダー》』は帰巣本能によって王都に戻るよう設計されていた。つまり、『覗き魔《ビホルダー》』は人造の生物なのである。

ヴァネッサがまた独り言のように続けた。

「試作一号《アイン》の生みの親としては、子どもの活躍はどうだった？　……いいえ、私とあなたの子どもと言うべきかしら？」

先ほどから彼女が話しかけているのは、側机に置いてある円筒形のガラス瓶《びん》である。

液体で満たされた瓶の中には——老人の生首が浮かんでいた。

ごぼごぼと空気が漏《も》れる音とともに、首が答える。

『さてのお……儂《わし》は、あの魔女さえ殺せればそれでいいのでな』

「あら、せっかく二人で作った子どもなのに……連れないのね——グスタフ」

深い皺《しわ》が刻まれた顔と、トレードマークとも言うべき長い顎髭《あごひげ》。

その生首は誰あろう、死んだはずの大神官グスタフであった。

あの事件の後、ヴァネッサは大神官の亡骸《なきがら》を集め、蘇生魔法で復活させていたのだ。

大神官の開発した技術に深い関心があったからである。

『覗き魔《ビホルダー》』も、試作一号《アイン》も、大神官の人魔融合技術とヴァネッサの高度な魔法技術の成果だった。特に一号は魔物である『妖精《ようせい》』と融合させることで、特殊な能力を与えることに成功した最初の個体である。

瓶の中の生首が顔を歪《ゆが》めた。

『我らの子などと気味の悪いことを言うな。早くあの魔女を血祭りに上げんか！』

ヴァネッサはガラス瓶を爪《つめ》でピンと弾《はじ》くと、笑みを浮かべた。

「はいはい、分かった分かった。……でもね、物事には順序というものがあるのよ？」

彼女は立ち上がると、奥の水槽に目をやる。

その巨大な水槽には、何体もの『子ども』が浮かんでいた。

その子どもたちのことを、彼女は愛を込めて、〈咎人《シナーズ》〉と呼んでいる。

文字通り、殺人鬼や凶悪犯罪者、通り魔などの死体を素材に使っているからだ。

「うふふ……さて、次は何号を使おうかしら？」

ヴァネッサは我が子を見るように目を細めると、心から楽しそうに笑った。

あとがき

こんにちは、西島ふみかるです。

『追放王子の暗躍無双　～魔境に棄てられた王子は英雄王たちの力を受け継ぎ最強となる～』第二巻を手に取っていただき、ありがとうございます。

さて、暗躍ものの展開にはいろいろありますが、みなさんはどんな展開がお好みですか？

一人で何役もこなして活躍するとか、敵の裏をかいて罠に嵌《は》めるといった展開もいいですよね～。暗躍ものの定番でしょう。

そんな魅力的な展開の中でも私が特にグッとくるのは、正体を隠して敵の組織に入り込む潜入ミッションです。これはもうワクワクが止まりませんね！

そこで今巻は、主人公のリオンだけでなく、妹であるセレスティアにも潜入ミッションを遂行《すいこう》させることにしました。つまり、兄妹それぞれの隠密任務です。

物語は、セレスティア王女がある領地の調査を命じられるところから始まります。

主人公は裏から、そして王女は表から、領地を徹底的に探っていきます。

そこで判明した領地の秘密に対し、二人はそれぞれの立場から核心に迫っていくのです。

リオンたちの活躍のほか、側近であるクレハや侍女見習い三人娘の見せ場、そして親バカな王霊たちのエピソードなど、今巻も盛りだくさんでお届けします。お楽しみいただければ幸いです。

さて、ここから謝辞になります。

多くの方に支えられて、今回も本を出すことができました。特にGA文庫のみなさま、担当のNさん、Tさんには大変お世話になりました。両氏の的確なアドバイスのおかげで、作品のクオリティをより一層上げることができました。いつもありがとうございます。

また、引き続きイラストを担当してくださった福きつねさんには前回同様、美麗極まるイラストを仕上げていただき本当に感謝しています。毎回さまざまなご提案をしてくださるので、目移りして困りました！

同期作家のみんなにはいつも刺激を受けています。私の同期は優秀な方ばかりなので、なんとかついていかなければと必死です。（また飲み会しましょうね）

いつも応援してくれる友人や、支えてくれる家族にも感謝です。

そして何より、この本を読んでくださった読者のみなさまに改めて深く感謝申し上げます。

次回も期待に応えられるよう全力でがんばります！　ではまた。

ファンレター、作品の
ご感想をお待ちしています

〈あて先〉

〒105-0001
東京都港区虎ノ門2-2-1
ＳＢクリエイティブ(株)
GA文庫編集部 気付

「西島ふみかる先生」係
「福きつね先生」係

**本書に関するご意見・ご感想は
右の QR コードよりお寄せください。**

※アクセスの際や登録時に発生する通信費等はご負担ください。

https://ga.sbcr.jp/

追放王子の暗躍無双2
～魔境に棄てられた王子は
英雄王たちの力を受け継ぎ最強となる～

発　行　　2024年2月29日　初版第一刷発行
著　者　　西島ふみかる
発行者　　小川　淳

発行所　　SBクリエイティブ株式会社
〒105-0001
東京都港区虎ノ門2-2-1

装　丁　　AFTERGLOW

印刷・製本　中央精版印刷株式会社

ISBN978-4-8156-1553-6
Printed in Japan
GA文庫

第17回 GA文庫大賞
GA文庫では10代~20代のライトノベル読者に向けた
魅力溢れるエンターテインメント作品を募集します!
書く、その先へ。
イラスト/はねこと
大賞賞金300万円+コミカライズ確約!
◆募集内容◆
広義のエンターテインメント小説(ファンタジー、ラブコメ、学園など)で、日本語で書かれた未発表のオリジナル作品を募集します。希望者全員に評価シートを送付します。
※入賞作は当社にて刊行いたします。詳しくは募集要項をご確認下さい。
全入賞作品を刊行までサポート!!
応募の詳細はGA文庫公式ホームページにて
https://ga.sbcr.jp/